Herstellung und Verlag:
BoD – Books on Demand, Norderstedt
ISBN: 978-3-7481-0280-9

Johannes Kettlack

Weißer Rabe am Gise

Schwedische Erzählung

Fotos: Caroline Kobold

Collagen: Johannes Kettlack

Cover: Alois Mazurek

Johannes Kettlack

Weißer Rabe am Gise

Schwedische Erzählung

Die Menschheit braucht jetzt Visionäre

Denen es 'ne Ehre wäre

Die Völker eloquent zu lenken

Ihnen die Zuversicht zu schenken

Dass am Tunnelende nicht

Chaos ist, sondern Licht

Verklärung

Vier Wörter eines kurzen Satzes bedeuteten das Ende der Fremdherrschaft, das Ende der Leibeigenschaft, ja die Erlösung von allen Übeln. Davon waren die großen Tiere überzeugt.

„Nun ist er weg." Mit dieser kurzen Nachricht hatte 2044 die neue Zeit am Gisesee in Södermanland begonnen. Die Hoffnung auf paradiesische Zeiten und die Zuversicht, selbst nach dem Glück streben zu können, ohne die Menschen, bestimmten ab sofort das Leben der Tiere am See. Es war der verführerische Zauber des Neubeginns.

Nur wenige Jahre später waren die ersten Zweifel aufgekommen, ob sich die vom Fischadler Odin und seinem getreuen Helfer, dem Raben Hugin, entworfene Ordnung auf Dauer bewähren würde.

Aber Odin erinnerte sich gern an die beschwingten Anfänge und die „goldenen Jahre", wie er sie nannte, besonders an den Tag, an dem sich der Hund und die Wölfin getraut hatten.

Was er erzählte hörte sich für fremde Ohren so an, als ob er und nur

er auf die geniale Idee gekommen war, mit einem einzigen Gebot die Tiere zu friedlichem Zusammenzuleben zu veranlassen. Erstens war die Veränderung durch das Verschwinden der Menschen vom See erst möglich geworden und zweitens war sie das

Werk vieler gewesen. Hinzu kam, dass er manche Einsicht dem Hund Lasse verdankte. Und immer übersehen hatte er den Kater.

Lasse hatte sein Leben mit Elmer Adamsson verbracht, in der Stockholmer Altstadt und am Gisesee. Er erinnerte sich genauer: Odin hatte ihn immer wieder nach den Gewohnheiten der Menschen gefragt. Vor allem die Gespräche, die sein Herrchen mit dem Pastor führte, hatten den Vogel interessiert.

Das Gebot fehlte in keiner Rede Odins. Und keine Ansprache endete ohne die erste Strophe der neuen Nationalhymne. Sie gehörte genau genommen zum Wenigen, das vollständig auf seinem Mist gewachsen war.

2047 kamen sie noch alle, die Rang und Namen hatten, zur Versammlung: Karl, der Eber, der dem Bauern Edelsvärd entwischt war und der in Sylvia, einer wilde Sau, eine tüchtige Lebensgefährtin gefunden hatte; Elan, der Elch, der sich ansonsten selten blicken ließ; Elegantia, das scheue Reh, das sich nun, wo kein großes Tier einem anderen großen Tier ein Leid zufügen durfte, sicherer fühlte; Großmaul, der

Hecht, dem es anfangs schwer gefallen war, zwischen großen und kleinen Tieren zu unterscheiden, und Wanst, der Dachs, der beunruhigt immer wieder nachgefragt hatte, ob seine Kinder etwa zu den Kleinen zu zählen waren.

Ob der Kater, von dem es hieß, er lebe auf Edelsvärds Hof, damals schon dabei war, konnte keiner mit Bestimmtheit sagen. Er hatte die ungewöhnliche Fähigkeit, sich unsichtbar zu machen. Hugin nannte ihn später deswegen nicht ganz uneigennützig seinen Freund.

Odin erinnerte gerne daran, wie froh sie damals alle waren, als der letzte Mensch für immer ihren See verlassen hatte. „Ein Leben ganz ohne Menschen!" Er war immer noch begeistert.

Aber er vergaß auch nicht, auf die Rückschläge im zweiten Jahr nach der Wende zu verweisen, als die Tiere am See in schlechter Stimmung waren. Der Sommer war nicht gut gewesen. Nach einem viel zu trockenem Frühjahr hatte es am Mittsommertag noch geschneit und dann wochenlang geregnet. Für die Blaubeeren kam der Regen zu spät und die Blüten der Preiselbeeren waren erfroren. Vor allem die Vögel mussten auf manche Leckerei verzichten.

Elche, Wildschweine und Rehe hatten schon im August das fürchterliche Knallen gehört, das schlimmer war als das lauteste Donnern. Tagelang und immer an derselben Stelle am Waldrand versammelten sich Menschen und machten diesen unerträglichen Lärm. Und dann hatte es nicht lange gedauert, bis diese Menschen mit ihren kläffenden Hunden die Wälder am See durchstreiften. Bei der Erinnerung daran schaute Odin den Elch und das Reh an: „Darnach habt ihr eure Brüder und Kinder nie wiedergesehen."

„Aber ich und Sylvia haben uns gut versteckt!" rief dann Karl dazwischen. „Sonst wären wir heute auch tot." Er spielte darauf an, dass zwei seiner Frischlinge unvorsichtigerweise das Dickicht verlassen hatten und nie wieder gesehen wurden.

Bei feierlichen Gelegenheiten redete Odin nie weniger als zwei Stunden. Er wusste, was sein Volk hören wollte. Er kannte seine Tiere. Wenn jemand eitel war wie Karl, lobte er ihn und wünschte ihm weiterhin Glück mit seiner schönen Sylvia, obwohl diese Auszeichnung besser zu Karl selber passte. Bei den Tieren hieß der Keiler wegen seiner unverwechselbaren Ähnlichkeit mit den Zuchtschweinen „Karl der Schöne". Und weil Hugin sehr lobsüchtig war, sagte Odin: „Komm mal zu mir herauf, mein tüchtiger Helfer." Dann wandte er sich an die Zuhörer, legte dem Raben den linken Flügel auf die Schulter und fügte hinzu: „Ohne unseren Raben würden wir alle nicht in einer so herrlichen Welt leben."

Wenn Odin so sprach, dachte Hugin an seine eigene Lage und war stolz: Er mochte das Knallen auch nicht, obwohl noch nie jemand aus seiner Familie tot vom Baum gefallen war. Seine Angst vor Menschen war angeboren. Er ließ sie nie näher als eine Baumlänge an sich herankommen. Zweimal schon hatte er versucht, dem Fischadler zu bedeuten, er solle seinen Anteil am Erfolg noch deutlicher herausstellen. Hatte er nicht mit der Ergänzung zum Grundgesetz das Leben der Großen entscheidend verbessert? Darauf war Odin nie eingegangen.

Anders als Hugin wollte er sich daran nicht erinnern. Der Rabe hatte eigenmächtig gehandelt, und in betrügerischer Absicht: Als Karl sich nach Sylvias Tod sehr verlassen fühlte, war Hugin ihm zur Hilfe geeilt und hatte ihm die Unterstützung der anderen Großen zugesagt. Odin aber glaubte nur an die Entscheidungen, die er selber getroffen hatte. Obendrein hatte der Rabe den Keiler zum Waldhüter ernannt, ein Amt, das es im Tierreich gar nicht gab.

Hugin beklagte nicht wirklich, dass für Odin Schnee und Frost Wörter ohne Inhalt waren. Der Adler erschien immer erst, wenn die Tage wieder so lang waren wie die Nächte, und verschwand, wenn die Herbststürme aufkamen. So war er im Winter der heimliche Herrscher.

Auch Lasse, Elmers Hund, der sich gern als vollwertiges Mitglied der Tiergemeinschaft gefühlt hätte, fand es ungerecht, dass Odin auf seine

Schwierigkeiten nie einging, mit denen er anfangs zu kämpfen hatte. Waren es alte Vorurteile?

Am Gise

„Der See ist der schönste in ganz Södermanland", behaupteten die weitgereisten Kraniche. „Er hat dieselbe Form wie Afrika."

Er lag eingebettet in einem großen Wald mit uralten Kiefern, dichten Fichten, schlanken Birken und, näher zum Ufer, Erlen, die ihre großen Kronen ehrfürchtig zum glasklaren Wasser neigten.

Im Norden und Westen speisten ihn mehrere kleine Bäche mit erdfarbenem Wasser, und im Süden gab er überflüssiges klares Wasser an den Örboholmsbach ab, der gemächlich zur Ostsee abfloss.

Die gelben, vor allem aber die weißen Seerosen mit ihren riesigen grünen Blättern vor dem üppigen Schilf waren eine wahre Augenweide. Es war daher nicht verwunderlich, dass sie von den Menschen zur Nationalblume der ganzen Provinz gewählt worden waren.

Was jedoch diesen See von den tausend anderen im Lande unterschied, waren die Inseln. Die größeren waren bewaldet, die kleineren aber nicht mehr als nackte Felsen, die je nach Sonnenstand glänzten oder ihre besonderen Farben offen zur Schau trugen: das graue Blau des Granits, die glasklaren Kristalle im Gneis oder die hellbraunen Schlieren des Eisenerzes.

Da sie kein Ruderer mehr störte, gab jede Insel den Tieren die Sicherheit, ein kleines Stückchen Erde nur für sich zu haben: Auf der einen brüteten die Seeschwalben, auf der anderen die Möwen, auf der dritten die großen Eistaucher.

Eine dieser kleinen Inseln am Südende des Sees war nur wenige Meter vom Ufer entfernt. Jeder, der wenigstens so groß war wie ein Rehkitz, konnte das seichte Wasser, das die Insel vom Festland trennte, mühelos durchwaten. Hier wohnte ganz oben in der höchsten Kiefer schon seit vielen Jahren der Fischadler.

„Adler", wie Odin auch gern genannt werden wollte, hörte sich anspruchsvoller an, als es war. Fischadler gehören nicht zur Familie der Adler! Weil die anderen Tiere davon keine Ahnung hatten, durchschauten sie seine Hochstapelei nicht. Nur Luzifer ließ sich nicht blenden. Aber das schwante dem Vogel erst viel später.

Manche Tiere besuchten Odin, weil er so gut informiert war. Bei ihm holten sie sich Rat oder wollten Neues erfahren. Nicht immer verstanden sie, was er sagte, weil er sich zunehmend vornehmer ausdrückte und ärgerlich wurde, wenn man ihm zu viele Fragen stellte. Seine Überlegenheit entartete immer mehr zur Überheblichkeit.

Warum gerade der Adler so viel wusste, ist schnell erklärt: Einerseits war er der Bewohner mit einer langen Ahnenreihe. Bestimmte Erfahrungen und Weisheiten wurden über Jahrzehnte vom Vater auf die Söhne und Töchter übertragen. „Keine Würde ohne Freiheit", war eine davon. Eine andere bezog sich auf den Umgang mit den Menschen: „Lieber mal hungrig und frei als immer satt und untertan."

Andrerseits hatte er von seinem Horst aus den besten Überblick. Mit seinen sprichwörtlich guten Augen sah er bis tief in die meisten Buchten hinein. Ihm entging weder der Specht, wenn er der Kohlmeise die Jungen aus dem Nest pickte, noch der Hecht, der gierig ein Rotauge verschlang. Und er bewunderte die Eistaucher, die mit großem Geschick ihren Kindern das Tauchen beibrachten. Er wusste, wann die Elche zum Saufen kamen und wo die Rehe auf immer denselben Pfaden durch den Wald zogen. Oft sah er Sylvia, wenn sie mit ihren Kindern die Erde nach Wurzeln und Würmern durchstöberte. Das Einzige, was ihn immer wieder überraschte, war, dass er den Kater nie kommen sah. Er erschien wie aus dem Nichts und verschwand fast ebenso unbemerkt.

Odins Wissen über die Geschichte der Menschen am See war beachtlich. Er wusste, wann alles begonnen hatte und wie sich die Menschen, vor allem die aus der Stadt, über viele Jahre verhalten hatten.

Sie nahmen den Uferstreifen auf der Süd- und Ostseite mit ihren Sommerhäusern, Fahrzeugen, Booten, Rasenmähern und, was besonders störte, bellenden Hunden in Anspruch so, als ob der See immer schon nur ihnen gehört hätte.

An manchen Sommertagen waren die Fremden besonders zahlreich und unerträglich laut. Dann fühlten sich die Tiere wie Fremde im eigenen Land. Immer wieder war Elan zu Odin gekommen und hatte sich über die Enge beschwert, die mit den über hundert Sommerhäusern verbunden war. Oder die Rehmutter, die nicht mehr wusste, wo sie die jungen Kitze verstecken sollte. Selbst der kleine Vertreter eines Ameisenvolkes hatte gefragt, was man unternehmen könne, wenn Menschenkinder rücksichtslos ihre mit größtem Fleiß errichteten Behausungen zerstörten.

Notgedrungen hatten sich die Tiere mit den Menschen abgefunden oder waren, wie der Biber oder der Nerz, entnervt weggezogen. Das hatte Odin sehr bedauert. Umso erfreuter war er, als er erfuhr, dass einige der Häuser fast das ganze Jahr über leer standen und selbst im schönsten Sommer immer weniger Menschen aus der Stadt aufs Land kamen.

Hugin, der viel herumflog, war schon wegen der Küchenabfälle immer näher bei den Menschen und kannte Lasse gut. Von ihm hatte auch er viel Nützliches erfahren. Dem Adler hatte er dieses Wissen vorenthalten. Odin sah es nicht gern, wenn andere zu den Menschen ein allzu enges Verhältnis unterhielten.

Der Rabe wusste, dass die Menschen vor allem wegen ihres Alters nicht mehr kamen und ihre Kinder keine Lust am Landleben mit all seinen Beschwernissen hatten: Bäume zu fällen und Holz zu hacken war den Älteren nicht mehr möglich, den Jüngeren viel zu mühsam, und die hohen Kosten für den Strom konnten sich immer weniger leisten.

Lasse wusste auch, dass Stadtbewohner oft kein eigenes Auto mehr hatten. Wenn sie aufs Land wollten, mussten sie sich einen Wagen tageweise für teures Geld mieten. Das konnten sich auf die Dauer nur wohlhabende Leute leisten. Da diese oft schon eine Ferienwohnung in Thailand oder auf den Kanaren hatten, kamen sie immer seltener.

Ein weiterer Grund, der den Menschen den Besitz einer Stuga, wie die Schweden ihre Ferienhäuser nannten, verleidete, waren die Steuern. Die Schweden hätten Jahrzehnte lang über ihre Verhältnisse gelebt, hatte Lasse behauptet. Deshalb mussten die Steuern auf Ferienhäuser stark erhöht werden. „Selbst ich habe die Veränderungen zu spüren bekommen", hatte Lasse geklagt. Sein Herrchen war ein guter Schwede gewesen. Er zündete das Feuer im Kamin nicht mehr an, seitdem es streng verboten war, mit Holz zu heizen. Lasses Lieblingsplatz wurde daher im Winter nie mehr richtig warm.

Odin erinnerte sich seinerseits gut an die erste Begegnung mit Elmers Hund. Er hatte auf seiner alten Kiefer gesessen und gesehen, wie sich die Rehe verstört ins Dickicht verzogen. Fast gleichzeitig hatte er den Kolkraben fürchterlich schimpfen gehört.

Hugin war überall und nirgendwo, kannte viele Tiere, sprach angeblich 34 Sprachen und ahmte seine Gesprächspartner so gut nach, dass diese ihm bereitwillig vertrauten. Und er hatte viel Zeit, auch weil er sich im Vogelhaushalt nur selten einbrachte. Er besorgte im Frühjahr eilig das Baumaterial und überließ dann seiner Frau die mühsame Arbeit am Nest. Allenfalls im Notfall setzte er sich für kurze Zeit auf die auszubrütenden Eier.

Jetzt krächzte er immer wieder nur das eine Wort: der Hund, der Hund. Nun sah auch Odin, dass sich ein Hund auf seine Insel zubewegte, sich wie die Ringelnatter durch das seichte Wasser schlängelte und irgendetwas zu ihm hinaufbellte, was der Adler aber wegen der ihm fremden Aussprache nicht sogleich verstand.

„Ich bin doch der Hund von Elmer. Er ist jetzt weg", bellte er.

„Was willst du hier? Von dir hab ich noch nie etwas gehört."

Odin gab sich unwissender, als er war. Elegantia hatte ihm doch erzählt, dass Elmers Hund sie einmal unter wütendem Gebell bis tief in den Wald hinein verfolgt hatte.

„Ich muss euch etwas erzählen. Es wird euch glücklich machen!"

„Was weißt du von unserem Glück, du höriges Geschöpf?"

Luzifer, der sich geschickt im Schatten der dicken Krüppelkiefer verbarg, spitze seine Katzenohren. Er hatte seinen Spaß, wenn die anderen Tiere sich stritten.

„Das ist jetzt vorbei, erhabener Adler", antwortete der Hund mit der ihm anerzogenen Unterwürfigkeit. „Ich will auf keinen Fall wieder in einer engen Stadtwohnung leben. Ich möchte bei euch bleiben."

„Warum gehst du nicht zum Bauern Edelsvärd; da findest du Deinesgleichen."

„Der hat mich früher schon immer verjagt, wenn ich in der Nähe der Scheune auf seinen Jagdhund gewartet habe."

Odin traute seinen Ohren nicht, wozu er eigentlich nie Anlass hatte: „Einer von uns? Bei uns willst du leben? Du bist viel zu verwöhnt. Wie willst du dich ernähren? Bei uns gibt es kein Hundefutter. Oder sollen wir dich wie ein Kuckuckskind mit durchfüttern? Es ist besser für dich, wenn du zu deinem Herrn zurückkehrst. Sicher vermisst er dich schon. Wie heißt du eigentlich?"

„Früher Lasse; jetzt Wolf", antwortete er unsicher.

„Wolf? Meinst du, aus einem verwöhnten Haustier könnte man ein freies und stolzes Wesen machen? Nein, Mensch, geh' zurück, woher du gekommen bist. Besser satt und untertan als frei und hungrig".

Lasse trat entmutigt den Rückzug an. Sein Schwanz lag so schlapp auf dem Wasser, dass er nur ein schmales Kielwasser zurückließ.

Odin hatte die Begegnung mit dem Hund zunächst aufgenommen wie ein erfahrener Politiker die unangenehme Bitte eines Bürgers nach der Wahl. Außerdem war er übel gelaunt und unzufrieden. Wie jeder Herrscher, der alles erreicht hat, langweilte er sich. Außer seiner Frau hatte er niemanden, mit dem er sich unterhalten konnte, jedenfalls nicht auf Augenhöhe. Aber selbst sie war von der Sorge um ihre Brut im Frühsommer so eingenommen, dass er für seine Fragen selten Gehör fand.

Der große Seeadler hatte ihm zwar gesagt, dass Freiheit nicht ohne Einsamkeit zu haben sei, aber das wollte er nicht wahrhaben. Er hielt es einfach nicht aus, so dazusitzen und sich zu grämen. Ihn bewegte die Sorge, den Spaß am Leben zu verlieren. Irgendetwas Neues musste es doch geben, irgendetwas Außergewöhnliches. Ihm war, als wenn er unbefruchtete Eier ausbrüten sollte.

Im Herbst vor dem Abflug in den Süden hatte er diese Leere besonders verspürt. Die jungen Adler brauchten ihn nicht mehr, seine Frau versorgte sich wieder selbst und das Fischen war in dieser Jahreszeit eine Sache von wenigen Minuten.

Diese Menschen! Natürlich hasste er sie. Zu lange hatten sie an seinem See unbekümmert gelebt und so getan, als wenn ihnen alles gehörte, das Wasser, die Inseln, der Wald, die Fische, die Rehe, die Elche, die Hasen. Zu dieser Abneigung gesellte sich Unverständnis: Diese Wesen verhielten sich rätselhaft. Warum fällten sie so viele Bäume, wenn sie im Wald leben wollten? Warum wollten sie unbedingt auf das Wasser gucken können, wenn fünfzig Boote ungenutzt am Strand lagen? Warum legten sie Wiesen an, wenn sie selbst kein Gras fraßen? Warum verscheuchten sie die Rehe, die ihre Tulpenblüten abknabberten? Warum warfen sie Steine auf den hungrigen Specht, wenn er die jungen Meisen aus dem Nest pickte? Die Menschen verstanden die Welt am Gise nicht!

Ihn ergriff eine bis dahin unterdrückte Neugier und, wenn er ehrlich war, Bewunderung für diese Menschen, die zwei Nester hatten und sich an allerlei Unnützem zu schaffen machten.

Am liebsten hätte er den Hund gleich rufen lassen, um ihn zu befragen, aber der Umzug in den Süden stand bevor und seine Frau wollte nicht länger warten.

Der arme Hund

Lasse war neben der Gans, die nie Anschluss unter den wilden Artgenossen gefunden hatte, lange Zeit der einzige Unglückliche am Gise gewesen. Besonders als sich kaum noch Tiere blicken ließen, litt er unter der langen Dunkelheit und der ungewohnten Einsamkeit.

Der Winter hatte schon wenige Tage nach Odins Abschied eingesetzt. Der Fischadler war keineswegs der erste, der wegflog: Kraniche, Eistaucher, Möwen Gänse, Seeschwalben, Bachstelzen, alle waren in den Süden geflogen oder hatten das offene Wasser der Ostsee aufgesucht. Die Dachse hatten sich in ihre Bauten zurückgezogen, und die Schweine hielten sich irgendwo im tiefen Wald auf. Und Edelsvärds Kater, so hieß es, wärmte sich in der Stube auf dem Hof.

Wenn Lasse fast gewohnheitsmäßig Elmers Sommerhaus aufsuchte, schmerzte ihn die öde Leere. Seine Freude über das endgültige Verschwinden der Menschen mischte sich mit der Erinnerung an bessere Zeiten.

Erst hatte es sehr stark gefroren. Der See war nach einer Nacht durch eine dicke Eisschicht von der Umwelt abgeschnitten. Dann war es zwar wieder etwas wärmer geworden, doch hatte es zu schneien begonnen und erst nach mehreren Tagen wieder aufgehört. Lasse verließ seinen Schlafplatz in dem alten und schon recht baufälligen Schober des Bauern nur kurz zum Schneeschlecken. Wenn es schneite, wurde es selbst mitten am Tag nicht richtig hell. Er war dauernd müde.

Seit Tagen hatte er nichts mehr zu fressen gehabt. Der Hunger peinigte ihn von Stunde zu Stunde mehr. Immer öfter glaubte er, seinen Futternapf in Elmers Stuga vor sich zu sehen. Er hätte heulen können, riss sich aber zusammen. Was hatte Odin gesagt? „Besser manchmal hungrig als immer satt und untertan."

Ich muss mir nochmals ein Huhn vom Bauern beschaffen, dachte er, stand auf und schlich sich vorsichtig in den Hühnerstall. Er wusste, zu so früher Stunde schlief das Federvieh noch, doch Edelsvärds Jagdhund war sehr hellhörig. Den Weg zu seiner erhofften Beute kannte er wie im Schlaf. Er war ihn über die letzten Monate schon mehrmals gegangen. Sein Jagdfieber war so groß, dass er den Kater auf der Fensterbank des Hühnerstalles nicht bemerkte.

Im Stall sah er ein Huhn am Boden hocken. Offenbar hatte es oben auf den beiden Sitzstangen keinen Platz gefunden. Er schnappte nach dem Tier, verschätze sich jedoch ein wenig. Es entkam zunächst unter die Legekästen, bevor er es endgültig festhalten konnte. Zu seinem Leidwesen blieb das Huhn nicht ruhig, sondern gackerte und krakelte so laut, dass der Jagdhund anschlug und den Bauern weckte.

Noch ehe Lasse den Stall verlassen konnte, gingen plötzlich überall die Lichter an. Das Huhn im Fang, floh so schnell er konnte. Edelsvärd sah ihn, fluchte wie ein Mensch und warf einen Knüppel nach ihm. Lasse verspürte einen Schlag im rechten Hinterlauf und ließ das Huhn vor Schmerz fallen. Er rannte am alten Heuschober vorbei auf den See zu. Wegen des Schnees, der an einigen Stellen tiefer war als er groß, und des pochenden Schmerzes im Hinterlauf kam er nur langsam voran. Am Ende blieb er unter einer kleinen Fichte ermattet liegen.

In diesem Augenblick fühlte er sich einsamer und verlassener als je zuvor. Er war müde, schwach und sehr, sehr traurig. Im rechten Hinterlauf pochte der Schmerz immer heftiger. Wie gern hätte er jetzt ein Wort mit dem Kolkraben gewechselt, der ihm trotz allem wohlgesonnen schien. Aber er hörte und sah niemanden.

Als sich sein hungriger Magen erneut meldete, stand er mühsam wieder auf und humpelte weiter. Nach einiger Zeit entdeckte er zu seiner Freude Spuren im Schnee. Er beschnüffelte sie und stellte enttäuscht fest, es waren seine eigenen. Er war offenbar im Kreis gegangen. Er schlug eine andere Richtung ein und stieß nach einigen hundert Metern auf Rehspuren; wahrscheinlich von Elegantia und ihrem Kitz. Er folgte ihnen. Als ehemaliger Haushund konnte er ohne die Nähe Anderer ganz einfach nicht leben. Leider verloren sich die Spuren bald. Es hatte wieder heftig zu schneien begonnen. Da hätte er sich am liebsten hingelegt, um für immer einzuschlafen.

Plötzlich hörte er ein ihm vertrautes Krächzen: „Hej, Wolf, was machst du? Geht es dir nicht gut? Du bist ja fürchterlich mager geworden!"

Er blickte überrascht nach oben und entdeckte den Kolkraben auf der Kiefernspitze. Dass der Vogel ihn mit seinem neuen Namen ansprach, tat ihm gut.

„Ich habe seit Tagen nichts mehr gefressen. Ich kann nicht mehr."

Der Rabe schaute den Wolf im Hundepelz vorwurfsvoll an:

„Aber, aber, mein lieber Freund, du bist doch kein Schoßhund mehr. Will man ein Wolf sein, muss man kämpfen."

Lasse schämte sich. Er war drauf und dran, seine Chancen für ein freies Leben am Gise zu verspielen.

„Willst du zurück zu den Menschen?" fragte Hugin.

„Nein, nein! Auf keinen Fall."

„Nun, dann steh auf und folge mir. Nicht weit von hier liegt ein verendetes Rehkitz. Davon kannst du dich die nächsten Tage ernähren. Außerdem gibt es auf der Nestinsel Mäuse unter dem Schnee. Jetzt, wo der See zugefroren ist, kannst du spielend leicht hinüberkommen." Damit verschwand er.

Nachdem Lasse sich an dem Aas satt gefressen und auch die Mäuse auf der großen Insel entdeckt hatte, ruhte er sich zunächst hinter einem Felsen aus und legte sich dann ermattet unter ein Boot, das ihm als neue Schlafstatt diente.

Als die Tage länger wurden, das Eis und der Schnee schmolzen und die Tiere sich wieder am See versammelten, geschah das, womit

niemand gerechnet hatte. Es sollte Lasses Leben für immer verändern. Selbst er, der doch von den Menschen so oft gehört hatte, dass jede Wolke einen Silberstreifen hat, hatte sich so etwas nicht vorstellen können.

Odins Rückkehr

Der Adler hatte den Rückflug aus dem warmen Süden gut überstanden und sich gleich an die Arbeit gemacht. Der Horst war auch in diesem Winter von den Stürmen nicht verschont geblieben. Er musste allerhand Zweige und weiches Nistmaterial heranschaffen, um seine Frau zufriedenzustellen. Sein Nest wurde so in jedem Jahr ein wenig höher und breiter.

Schließlich hatte es seiner Frau gefallen. Sie saß auf zwei Eiern, während er sich wieder gelangweilt hätte, wäre da nicht die Erinnerung an diesen seltsamen Hund gewesen, der ihm die Menschenwelt erklären könnte.

Er ließ Hugin kommen. Um seine wahren Absichten zu verschleiern, erkundigte er sich zunächst nach dem Befinden des Elches, fragte ob alle Rehe noch lebten und wie es dem seltsamen Hund gehe. „Wie wollte er sich nennen?"

„Wolf, göttlicher Odin. Er hat den Winter mit meiner Hilfe überstanden. Du erinnerst dich doch, dass er hier am See ganz allein ist; sein Mensch wohnt nicht mehr hier."

„Ich erinnere mich schwach."

„Er kommt regelmäßig hierher. Ich glaube, er will etwas von dir."

Odin ging auf diese Bemerkung nicht ein. Stattdessen kündigte er für bald eine Tierversammlung an, gab dem Vogel zum Abschied ein flüchtiges Zeichen mit dem rechten Flügel und erhob sich.

Um mit dem Hund ins Gespräch zu kommen, wollte er selbst nach ihm Ausschau halten. Er hatte noch so viele Fragen und begriffen, dass ihm das Wissen über die Menschen und vor allem ihre Sprache von großem Nutzen sein konnten. Schon heute war er den anderen Tieren überlegen. Wie würde das erst sein, wenn er sich so gewählt ausdrücken könnte wie die Menschen! Führer müssen reden können! Er flog los.

Dabei ging er systematisch vor: Erst den Wald im Westen des Sees, dann den Norden, wo er auch den vor vielen Jahren abgebrannten Teil nicht ausließ. Von hier am östlichen Ufer zurück. Dabei drehte er eine zusätzliche Runde über Elmers Haus, der alten Heimat des Hundes. Auch die Suche am Ufer im Süden des Sees blieb erfolglos. Er flog enttäuscht zurück zu seiner Nestinsel und wollte gerade auf dem Horst Platz nehmen, als er ihn entdeckte: Der Hund wartete auf ihn.

Odin war überrascht und hätte beinahe das Flügelschlagen vergessen: Der Hund sah völlig verwahrlost aus. Sein Fell glänzte selbst in der Mittagssonne nicht und sein Gang erinnerte an den humpelnden Elch, der vor zwei Jahren von einem Knall getroffen worden war.

„Ihr seid wieder zurück, erhabener Adler?" Lasses Stimme versagte beinahe. Sie hatte nichts von dem wütenden Gebell, das seine gelegentliche Jagd auf einen Hasen begleitete.

„Das siehst du doch oder bist du über Winter blind geworden?" Odin verfiel automatisch in die herrische Sprechweise des Überlegenen, was ihm aber sofort Leid tat. „Lieber Wolf, ich möchte mich mit dir ein wenig unterhalten."

„Unterhalten?" Wolf glaubte, nicht richtig verstanden zu haben.

Das Wort kam ihm bekannt vor. So hatte der Pfarrer gesprochen, wenn er seinen Herrn besuchte. Er erinnerte sich gut.

Trotz aller Anstrengung hatte er aber dem Gespräch der beiden alten Herren nie lange folgen können und war regelmäßig nach kurzer Zeit vor dem Kamin eingeschlafen.

Der Pfarrer benutzte Wörter, unter denen er sich nicht viel vorstellen konnte: Gott, zehn Gebote, der Nächste, ewiges Leben, Barmherzigkeit…Manchmal war er allerdings plötzlich aufgewacht, zum Beispiel als das Wort „Himmel" fiel. Das kannte er natürlich. Oder „Milch und Honig". Da Elmer aber nie Anstalten machte, die Leckereien zu holen, war er jedes Mal wieder eingeschlafen.

„Ja, unterhalten, sprechen von Adler zu Adler. Wie findest du das?"

„Hm, ein Hund ist kein Adler…"

„Egal. Du kennst doch die Menschen recht gut?"

„Das kann man wohl sagen. Deshalb möchte ich ja bei euch leben."

„Das verstehe ich. Aber sag mal, kannst du mir die lauten Ungetüme erklären, in denen die Menschen zu unserem See kommen?"

„Ungetüme? Meinst du die Autos?"

„Autos?"

„Ja, Autos. Damit fahren sie."

„Fahren? Was heißt fahren? Ich kenne nur laufen, fliegen und schwimmen."

„Fahren ist laufen, ohne sich zu bewegen."

„Das geht nicht."

„Doch, erhabener Odin. Mein Herrchen sitzt auf einem Stuhl, daneben seine Frau und ich liege dahinter auf einer Bank."

„Und alle schlafen?"

„Nein. Der Fahrer muss lenken."

„Lenken? Du benutzt so seltsame Wörter…"

„Lenken ist das, was du mit deinen Flügeln machst, wenn du mal zur Sonne, mal zum See oder zu deinem Horst fliegst."

„Haben die Autos Flügel?"

„Flügel? Nein."

„Aber wer bewegt das Auto?"

„Genau weiß ich das auch nicht. Aber ich höre beim Fahren immer ein lautes Brummen, und ab und zu müssen wir tanken."

Der Adler wunderte sich, dass sein Gegenüber „wir" sagte und begann ihn ein wenig zu beneiden. „Tanken? Wieder so ein komisches Wort?"

„Das Auto hat an der Seite ein Loch. Da hinein gießt mein Herrchen Wasser. Sonst fährt das Auto nicht."

„Mit Wasser? Kann man das trinken?"

„Oh nein! Es stinkt so fürchterlich, dass es in der Nase brennt."

„Fahren heißt also, man bewegt sich im Sitzen?"

„Ja, und im Schlafen."

Odin war beeindruckt. „Fährst du gerne?"

„Ja und nein. Manchmal wird mir schlecht und ich muss spucken. Das Auto fährt sehr schnell und schaukelt hin und her."

„Ich fliege auch schnell und schaukele gern."

„Stimmt, aber du wirst irgendwann müde. Das Auto wird nie müde."

Odin erhob sich, flatterte mit den Flügeln, wie wenn er davonfliegen wollte. Dann setzte er sich wieder. „Ich habe noch nie das Nest der Menschen von innen gesehen."

„Eine Stuga meinst du, oder die Wohnung in Stockholm?"

„Warum kann man nicht hineinschauen in eine Studa?"

„Stuga! Es gibt doch Fenster."

„Nein, ich meine von oben?"

„Oben ist doch das Dach.“

„Dach?“

„Ja, das Dach, gegen Regen und Schnee.“

„Ich habe auch kein Dach.“

„Aber du hast Federn.“

„Und du hast ein dichtes Fell. Haben die Menschen keinen Pelz?“

Wolf musste lachen. Die wenigen Haare, die sein Herr auf der Brust hatte, konnte man tatsächlich nicht als Pelz bezeichnen. „Nein, die Menschen haben Kleider: Kappen, Jacken, Hosen und Schuhe. Sonst würden sie im Winter erfrieren.“

„Warum fliegen sie im Winter nicht nach Afrika?“

„Das kostet Geld.“

Obwohl Odin auch dieses Wort nicht verstand, spürte er, dass für die Menschen das Dach über dem Kopf sehr wichtig war. Lasse wurde immer gesprächiger und gab Antworten auf Fragen, die der Adler gar nicht gestellt hatte.

„Außerdem haben die Menschen ein Feuer in der Stuga, an dem sie sich wärmen, wenn es kalt ist.“

Den letzten Satz vernahm Adler nicht mehr. Beim Wort Feuer war er auf- und davongeflogen. Er war dabei gewesen, als vor Jahren das große Feuer den Wald auf der anderen Seite des Sees völlig zerstört hatte. Bis zu seinem Horst hatte sich der beißende Qualm verbreitet und unter den Tieren war Panik ausgebrochen. So manchen alten Bekannten hatte er seitdem nie wiedergesehen. Den Anblick der kahlen schwarzen Bäume und Sträucher, des aschgrauen Heidekrautes und der nackten Felsen konnte er nicht vergessen.

Lasse wartete eine Weile, der Adler aber ließ sich nicht mehr blicken. Es vergingen mehrere Tage, bevor Lasse den nächsten Anlauf wagte.

Einige Tage lang hatte die Frühlingssonne ihn gewärmt, wenn er sich vor dem Kahn ausruhte, der offenbar niemandem gehörte. Er lag schon seit Jahren dort mit dem Kiel nach oben und war auf einer Seite bereits bemoost. Hier hatte er Unterschlupf gefunden, wenn es schneite oder der beißende Ostwind ihm zu schaffen machte. Heute aber regnete es schon den dritten Tag. Wie hatte sein Herr immer gesagt? "Da geht kein Hund vor die Tür."

Er wollte nicht hungrig zu Odin gehen. Er kannte sich: Wenn er Hunger hatte, verlor er schnell die Selbstkontrolle und bellte einfach drauf los. Er wusste, wo Futter zu holen war. Seine gute Nase führte ihn immer wieder mal zu Elmers Komposthaufen, wo er früher schon fündig geworden war, wenn ihm das Fertigfutter nicht zusagte. Sobald der Regen aufhörte, würde er sich auf den Weg zu seinem alten Heim machen. Vorsichtig wie immer würde er sich dem Haus nähern, dem verführerischen Duft des Kompostes folgen und sich den Magen vollschlagen.

Als er am folgenden Morgen erwachte, stand die Sonne schon hoch am Osthimmel. Er reckte sich und erschrak. Oben auf seinem Kahn saß Odin und schaute ihn vorwurfsvoll an. „Man merkt, dass du noch keiner von uns bist. Nur verwöhnte Wesen können es sich leisten, so lange zu schlafen!"

Lasse war so verdattert, dass er nur ein „Oh, mein Gott!" herausstotterte. Warum der erhabene Odin ihn, den armen Hund, hier aufsuchte, hätte er gern gewusst, aber natürlich lag es dem Vogel fern, ihm seine Gründe zu nennen. Wie im Umgang mit Untergebenen üblich kam er gleich zur Sache:

„Warum mögen uns die Menschen nicht, Wolf?"

„Mich mögen sie."

„Und warum uns nicht?"

„Die Tiere sind den Menschen untertan."

„Du meinst, ihre Diener?", fragte Odin empört. „Lieber hungern und frei als satt und untertan!", hat schon mein Vater gesagt.

„So steht es in der Bibel"

„Bibel?"

„Das dicke Buch, das der Pfarrer immer dabei hatte, wenn er uns besuchte."

„Du meinst, deinen Menschenherrn."

„Ich hab oft mitgehört."

„Und was ist ein Buch?", fragte Adler bestimmt.

„Da schreibt man rein, was jemand gesagt hat oder sagen will."

„Das versteh ich nicht, Wolf." Seine Stimme klang versöhnlicher. „Was heißt 'schreiben'?"

„Tiere schreiben auch, zum Beispiel, wenn ich irgendwo pinkele."

„Ich kann nicht schreiben!" Es klang wie ein Vorwurf. Lasse war zum ersten Mal sprachlos. Konnte der große Adler wirklich nicht schreiben? Schließlich antwortete er: „Natürlich kannst du schreiben. Oder meinst du, jemand zweifelt daran, dass du der Größte bist?" Er versuchte mit dem linken Flügel einen großen Bogen zu schlagen. Er ahnte, dass seine Erklärung nicht überzeugte. „Adler brauchen nicht zu schreiben. Du hast ein so gutes Gedächtnis", schob er nach. Aber Odin war schon bei der nächsten Frage:

„Wer ist denn der Pfarrer?"

„Es gibt bei den Menschen einen Gott, einen Bischof und einen Pfarrer. Darnach kommt Elmer, dann ich, dann die Maus…"

„Wieso kommst du vor mir?"

„Nein, nein. Verzeih mir. Du stehst natürlich vor mir."

„Und wer ist der erste?"

„Ich sage doch: Gott."

„Wo lebt der denn?"

„Im Himmel."

„Wie ich!"

„Nein, viel weiter."

„Hinter dem Mond also?"

„Nein, noch viel weiter. Im Paradies .'Im Paradies fließt Milch und Honig'", hat der Pfarrer gesagt. „Alle im Paradies sind nett zueinander, ganz ohne Gebote…"

„Halt, Wolf! Ich komme nicht mehr mit. Alle leben nur von Milch und Honig? Ich mag aber lieber Fische."

„Nicht im Paradies. Dort lieben alle Milch und Honig. Selbst der gefräßige Hecht."

„Und was sind Gebote?"

„Es gibt zehn, aber der Pfarrer sagt, es gibt nur eins: Du musst zu anderen genauso nett sein wie zu dir selber."

„Zum Beispiel zu meiner Frau und zu den Kindern?"

„Auch zu Fremden."

Odin schwieg. Meinte der Hund, dass er ihn genauso behandeln sollte wie seine Frau? Nicht alles, was der Hund berichtete, schien ihm sinnvoll. „Sind die Menschen immer nett zueinander?", wollte er wissen.

„Nein, sie leben ja noch nicht im Paradies. Deshalb braucht man auf der Erde Gebote."

„Brauchen Tiere auch Gebote?" Odin wartete die Antwort nicht ab.

Lasse verstand nicht, warum der Vogel grußlos davonflog. Hatte er etwas Unangenehmes gesagt? Gern hätte er gewusst, ob der Vogel ihm nach dem Gespräch besser gesonnen war als vorher.

Die neue Ordnung

Wenn Odin müßig auf dem Rand seines Horstes saß und seiner Frau beim Brüten zusah, dachte er gern zurück an das Jahr, in dem sie ihren eigenen Staat gegründet hatten. „Staat" war eins der schönen Wörter, die er von Lasse gelernt hatte.

Es war früh am Morgen kurz vor Mittsommer. Der Tau reichte gerade aus, um die trockenen Flechten zu erfrischen. Der Tag versprach schön zu werden. Er beriet sich mit Hugin, wie sie die neue Situation meistern könnten. Schließlich waren sie zum ersten Mal frei, ihr Schicksal selbst zu bestimmen.

Sie mussten die Tiere zusammenrufen, um Ordnung in ihre Welt zu bringen. Aber zunächst hatten sie eine kleine Vorbereitungsgruppe gebildet. Daran hatte Hugin nicht gedacht! Am liebsten hätte er alles allein mit mir besprochen, erinnerte sich Odin.

Sie hatten den großen Elch eingeladen, Karl, den Keiler, und natürlich Großmaul, den Hecht. Warum Hugin den Kater Luzifer nicht einladen wollte, schien Odin seinerzeit selbstverständlich. Sklaven hatten in ihren Reihen nichts verloren. Heute wusste er, der Rabe hatte immer genau gewusst, was er tat.

Zur vereinbarten Stunde waren alle zur Stelle gewesen. Odin hatte sich von seinem Horst nach unten begeben, um Großmaul besser zu verstehen. Der Hecht war ganz und gar ungeübt im öffentlichen Sprechen, vor allem außerhalb des Wassers. Immer wieder geschah es, dass er statt Wasser Luft einatmete und dann beim Bilden der Wörter ganze Silben verschluckte.

Odin fiel ein, dass sich der alte Elch über seine Sprache geärgert hatte: „Sprich wie wir, Odin!", hatte er mehrfach gerufen. Dabei ging es um die Aufgabe, für den neuen Staat ein Grundgesetz zu finden.

Er musste sich heute eingestehen, dass der Elch ein Recht darauf gehabt hatte zu verstehen, worum es ging. Hugin war in dieser Hinsicht großzügiger: Ihm kam es mehr darauf an, dass etwas gut klang, nicht ob es verständlich war.

Odin erinnerte sich: Plötzlich hatten sie Lasses Bellen gehört. „Jeder für sich! Jeder für sich!" hatte er gerufen.

„Genau wie bei den Menschen", krächzte Hugin trocken. „Kommt nicht in Frage!"

„Die Großen für sich!" hatte Elan vorgeschlagen.

„Und die Kleinen für sich!" grunzte Karl.

„Die Großen für sich, und die Kleinen für mich!" hatte daraufhin Großmaul geblubbert

Odin wunderte sich noch heute, dass sie sich darauf so schnell geeinigt hatten. Aber viele Tiere waren unpolitisch und vertrauten anderen, ohne zu verstehen.

Hugin hatte sich zunächst nicht geäußert. Er hatte befürchtet, nicht zu den Großen zu gehören und dann immer eindringlicher nachgefragt, wer groß und wer klein sei.

„Rotaugen, Rotfedern, junge Barsche sind klein!", hatte Großmaul dazwischen gerufen.

Schließlich hatte man sich darauf verständigt, dass das Eichhörnchen das Maß war und noch zu den Großen zählte.

Odin war heute sicher, dass diese Regelung nie einzuhalten gewesen war. Er hatte von Anfang an Bedenken gehabt: Sogar für ihn würde es nicht leicht sein, im Flug zu erkennen, ob ein Fisch kleiner war als das Eichhörnchen.

Was Odin nicht wissen konnte war, dass der Kater diese Regelung nicht besonders originell fand. Wie immer hatte er insgeheim mitgehört. Odin hatte ihn wieder einmal nicht bemerkt.

Wie der Adler befürchtet hatte, legten einige der Großen die Unterscheidung zwischen Groß und Klein zu ihren Gunsten aus. Schon früh hatten sich zwei halbwüchsige Barsche beklagt, weil Großmaul ihren Anführer gefressen hatte.

Und Odin ärgerte sich noch heute, wenn er daran dachte, wie sich Großmaul für seine Untat entschuldigt hatte: „Das waren die Menschen!", hatte er frech behauptet.

Auf der anderen Seite hatte er mit Wohl-gefallen vernommen, wie Wanst, der Dachs, die Nachricht von der neuen Ordnung aufgenommen hatte: „Ich fresse immer nur kleine Tiere!", hatte er gesagt.

Führer

Besonders gern erinnerte sich Odin daran, wie er zum Herrscher aller Tiere am See gewählt worden war. Eigentlich hätte er es aufschreiben müssen. Lasse hatte ihm gesagt, er brauche nie zu schreiben, weil er ein so wunderbares Gedächtnis habe. Aber wenn er die Geschichte niemandem erzählen konnte, wer würde sie in einigen Jahren noch kennen? Wenn er daran dachte, hätte er weinen mögen.

Wieviel Mühe hatte er sich gegeben, alle großen Tiere persönlich zu informieren! Die Kraniche und Schwäne waren schon wieder weg; die Ente war zu sehr mit ihren zehn Kindern beschäftigt, der Fuchs hatte sich auf kein Gespräch eingelassen, und die Kreuzotter wollte von „dem neuen Kram" nichts hören. Dass die kleinen Tiere nicht informiert wurden, ergab sich aus ihrer Bestimmung: Sie hatten ja keine Rechte.

Im Frühjahr des folgenden Jahres war es zu der entscheidenden Sitzung gekommen. Versammlungsort war die große Walinsel gewesen, die ihren Namen einem großen blauen Felsen verdankte, der auf der Nordseite hoch aus dem Wasser herausragte und steil in die Tiefe abfiel. Vom Wasser aus konnten sich Hechte, Barsche und die Wasservögel mühelos an den Gesprächen beteiligen.

Die Tage waren wieder länger als die Nächte. Trotzdem waren die Kraniche noch nicht wieder aus ihren Winterquartieren zurückgekehrt. Dagegen war Lasse gekommen, obwohl er keine Einladung hatte. Der Kater hielt sich am gegenüber liegenden Ufer hinter einer alten Krüppelkiefer versteckt. Seine Zeit war noch nicht gekommen.

In den ersten beiden Jahren nach diesem Ereignis erinnerte sich Odin noch an alle Einzelheiten, wie er meinte. Er hatte die Versammlung eröffnet, weil er sich für den Klügsten hielt und den Erfahrensten. Außerdem kannte er sich in den drei Elementen am besten aus.

Woran er sich im Gegensatz zu Hugin nicht mehr erinnerte, war der Streit darüber, ob es nicht noch bessere Anführer gab. Hugin waren die Fragen und Proteste in guter Erinnerung. Odins Bemerkung zu den Elementen wurde nicht von allen gleich verstanden. Vor allem Großmaul wusste nicht, was damit gemeint sein konnte: „Was sind Elemente, erhabener Adler?", hatte er wissen wollen.

„Elemente sind Wasser, Feuer, Erde, Luft ...", hatte Odin dem Hecht erklärt.

„Odin meint natürlich nur Wasser, Luft und Erde." Heute wäre er dem Adler nicht mehr zur Seite gesprungen, dachte Hugin.

„Keiner kann sich in allen Elementen bewegen!" hatte Wanst gerufen, und Sylvia: „Keiner kann laufen, fliegen und schwimmen. Keiner!"

Odin hatte zugeben müssen, dass er nicht richtig schwimmen konnte, war aber sicher, dass es kein großes Tier gab, das sich in allen drei Elementen mühelos bewegte

Hugin hatte es besser gewusst: Natürlich konnten Schwäne, Gänse und Enten fliegen, laufen und schwimmen.

Damals war Odin noch sehr beweglich gewesen und hatte geistesgegenwärtig neue Gründe gefunden, warum nur er der neue Führer sein konnte.

„Liebe Freunde", hatte er den Vögeln im Wasser gesagt. „Das ist uns sehr wohl bekannt. Ihr kommt alle drei für die Führungsaufgaben in Frage. Lasst uns jetzt gemeinsam die Frage erörtern, ob ihr auch die anderen Bedingungen erfüllt. Wie alt seid ihr?"

„Zwölf Monate", hatte eine Entenmutter stolz geschnattert.

„Drei Jahre", hatte der Gänserich mit erhobenem Haupt gerufen.

Noch höher hatte ein Schwan seinen Hals gestreckt: „Ich bin mindestens zwölf Jahre alt!"

Dem Adler war ganz mulmig geworden: „Zusammen mit meinem Vater bin ich fünfundzwanzig Jahre alt. So alt bist du also gar nicht, mein lieber Schwan. Lasst uns zur Frage nach Klugheit und Erfahrung kommen: Wer von euch hält den Schwan für klüger als mich?" Es meldete sich niemand.

„Und wer glaubt, erfahrener zu sein als ich?", fuhr Odin fort.

Es gab keinen, der mehr Erfahrung für sich in Anspruch nahm. Dabei  hätte Elan leicht beweisen können, dass er schon weiter herumgekommen war, größeren Gefahren ausgesetzt gewesen war und auf mehr Nachkommen blickte als der Fischadler. Aber er empfand die ganze Veranstaltung allemal als „Kälberkram", der in seinem Leben nichts verändern würde.

Großmaul hatte den Adler in Verlegenheit gebracht: „Klugheit und Erfahrung sind gar nicht so wichtig; wichtig ist, wie viele Kinder einer bekommt und aufzieht. In meinem Fall sind das mindestens zweitausend."

Sylvia war die erste gewesen, die die Gefahr erkannte. Sie machte den Hecht darauf aufmerksam, dass die Nachkommen großwüchsig sein müssten, wie bei ihnen zum Beispiel.

Hugin war noch heute stolz darauf, dass er dem Adler wieder einmal beigesprungen war und auf die Bedeutung von Sauberkeit und Reinlichkeit hingewiesen hatte, ohne die niemand zu ihrem Anführer gewählt werden könnte. Allerdings hätte er nicht die Gans als Vorbild nennen dürfen. Sie war die Gans von Edelsvärds Hof, die vor einigen Jahren davongelaufen war. Die wilden Gänse nannten sie verächtlich „Edelsvärds Hofdame". Hugin bewunderte die Fremde wegen ihres prächtigen weißen Federkleides; die meisten Tiere aber verachteten sie, weil sie so menschlich eitel war.

Odin empfand heute Mitleid mit der Gans, nachdem er erfahren hatte, wie schlecht es ihr ergangen war.

Bauer Edelsvärd hatte sie eines Abends im Herbst völlig unerwartet als einzige aus dem Stall auf den Arm und mit nach draußen genommen. Sie hatte wild mit den Flügeln geschlagen und laut protestiert. Sie wäre wohl nicht mehr am Leben, wenn nicht der Jagdhund sie mit wütendem Gebell begrüßt hätte. Bei dem Versuch, seinen Hund zurückzuhalten, hatte der Bauer sie losgelassen. Sie war mit angstvollem Geschnatter davongerannt. Wohin, das wusste sie damals nicht, doch es war ihr Glück, wie sie meinte.

Zunächst war sie an den ersten der kleinen Wasserläufe, die zum See führten, gekommen und, ohne zu überlegen, hineingestolpert. Und schwamm! Zum ersten Mal in ihrem Leben tat sie das, was Gänse am liebsten tun, und sie genoss es. Mechanisch begann sie ihr Gefieder zu säubern, indem sie die Flügel immer wieder in das neue Element tauchte und mit Hilfe des Schnabels reinigte. Eine Wohltat! Und dann gründelte sie und fand an den flacheren Stellen Leckereien, von denen sie nicht einmal geträumt hatte.

Ohne es zu bemerken, folgte sie dem Wasserlauf und gelangte so zu einem Schilfgürtel, den sie nur mit großer Mühe überwinden konnte. Und dann das: ein riesiges Wasser, umgeben von dunklem Wald und nicht ein einziger Mensch zu sehen! Aber auch keine Artgenossen.

In ihrer Freude, ja in ihrem Übermut, nun ganz in ihrem Element zu sein, machte sie sich darüber zunächst keine Gedanken. Später am Abend, als es schon fast dunkel war, hörte sie plötzlich tausendfaches Trompetengerufe. Es kam ihr bekannt und fremd zugleich vor. Im Dutzend flogen die Fremden von irgendwo her auf den See zu, kreisten suchend über dem Wasser und hörten erst auf zu lärmen, als sie ihren Ruheplatz gefunden hatten.

Diese Gänse sprachen nicht nur anders als sie, sie waren auch nicht weiß, wenn man von einer hellen Stelle am Hals einmal absah. Edelsvärds Gans wagte nicht, auf sich aufmerksam zu machen. Wie gern hätte sie gerufen: „Hallo, ich bin hier. Wer seid ihr?" Sie war von Natur aus ein geselliges Wesen und hätte nichts lieber getan, als ein Schwätzchen halten.

Bald wusste sie, dass sie schon wegen ihrer mangelhaften Flugkünste mit den wilden Artgenossen nicht mithalten konnte. Wie oft hatte sie versucht, sich vom Wasser in die Höhe zu schwingen. Es war ihr nie geglückt. Keiner nahm sie ernst. Sie fühlte sich ausgestoßen und einsam.

Hugin hatte von der „feinen Dame" damals schon mehr gehalten als die anderen Tiere, hatte sie aber ohne Bedenken als Waffe gegen die Wildschweine benutzt, die sich gern im Schlamm suhlten. In seinem Eifer, Odin zu helfen, hatte er Sylvias Widerstand unterschätzt. Aus heutiger Sicht war sein Verhalten falsch gewesen. Auch würde er heute nicht noch einmal alle Bedenken der anderen so schnell beiseiteschieben wie damals. Er hatte Odins Wahl zum Anführer in großer Eile und wortgewaltig durchgesetzt und so Unfrieden gestiftet.

Vor allem Karl hatte wütend protestiert. Hugin habe sie beide beleidigt, schimpfte er. Sie fanden sich nicht mit dem Wahlergebnis ab. Odin und sein „Diener", wie Karl den Raben verächtlich nannte, hätten sich nicht an die eigenen Grundsätze gehalten; sonst wäre ihm eine größere Führungsrolle zugefallen. Sylvia nahm es dem Raben sehr übel, dass er plötzlich ihre Art, sich zu  reinigen, so entwürdigt hatte. Die Wildschweine hatten ein sehr gutes Gedächtnis.

Odin aber war damals mit dem Beschluss und dem Geschick seines Gehilfen sehr zufrieden gewesen.

Neben dem Kater Luzifer war Lasse der einzige, der das Vorgehen von Odin und Hugin vollständig durchschaut hatte. Ihm war es sehr menschlich vorgekommen. Schon als Odin das Wort ergriffen hatte, fühlte er sich an seinen Herrn erinnert: Wer die Gäste begrüßt, ist wichtig. Wer gut reden kann, überzeugt. Wer es mit den Tatsachen nicht so genau nimmt, gewinnt. Lasse hatte immer gewusst, nur wenn er das Vertrauen dieser beiden gerissenen Vögel gewann, hatte er eine Chance, in den Kreis der Großen aufgenommen zu werden.

Er war nach Ende er Versammlung noch einen Moment hinter

seinem Stein sitzen geblieben und hatte gewartet, bis alle anderen gegangen waren. Dann erst hatte er den Adler beglückwünscht.

„Mensch", hatte Odin gesagt. „Meinst du, ich hätte dich nicht längst gesehen? Was willst du?"

Hugin hätte schon damals lieber gesehen, wenn Odin dem Hund eine Chance gegeben hätte: „Ich finde Wolf gar nicht mehr so unsympathisch. Jetzt wo er nicht mehr bei den Menschen lebt, glänzt sein Fell nicht so unnatürlich. Es sieht jetzt schön grau und strubbelig aus, findest du nicht auch?" hatte er gesagt. Odin konnte sich an diese Bemerkung noch sehr gut erinnern. Dieser Kolkrabe änderte seine Meinung schneller, als er mit seinen Flügeln schlagen konnte.

Abgesehen von diesen Streitigkeiten waren die Tiere am Gise zunächst glücklich gewesen. Das jedenfalls glaubte Odin. Es hatte so etwas wie der ewige Frieden begonnen, das heißt, wenn man von dem Schicksal der Kleinen einmal absah. Da sich für sie aber nichts wirklich geändert hatte, fiel ihnen die Veränderung gar nicht auf: Die Blattläuse lebten wie immer ihr kurzes Leben, wenn es nicht durch die Meisen noch kürzer wurde. Die Ameisen hatten ihre eigene Welt und kümmerten sich einen trockenen Kehricht um die Großen und ihre Führer. Ähnlich erging es den Mäusen, Fröschen, Singvögeln oder kleinen Fischen. Sie mussten alle weiterhin auf der Hut sein, wollten sie von den Großen nicht gefressen werden.

Elan mit seiner Verwandtschaft, Elegantia und die anderen Rehe, sie alle blieben von den neuen Regeln verschont, freuten sich aber alle über die Abwesenheit der Menschen. Die Eichhörnchen und ihre mindestens Gleichgroßen fühlten sich sicherer und fürchteten sich weniger. Sie genossen die neue Geborgenheit. Nach der Freiheit war

Sicherheit das höchste Gut. Vom Kater wusste niemand, was er von der Sache hielt.

Allerdings kam es immer wiedervor, dass sich der Fuchs aus alter

Gewohnheit mal an einem eindeutig zu großen Hasen vergriff, oder der alte Hecht in der Eile mal einen Barsch verschluckte. Aber das waren Ausnahmen, wie Odin zunächst angemerkt hatte, und nicht als Verbrechen ansehen wollte. Der Glaube an seine Staatsraison war lange Zeit größer gewesen als sein Realitätssinn. Dazu hatten aber wohl auch erfreuliche Veränderungen beigetragen.

Eines Tages hatte Odin ein Pelztier mit einem breiten nackten Schwanz beobachtet, das sehr emsig den Stamm einer Erle durchnagte. Der Neue war eindeutig größer als ein Eichhörnchen. Es dauerte eine Weile, bis er verstand, wozu seine Arbeit gut war.

Die großen Hechte hatten ein ähnlich vielversprechendes Erlebnis: Ganz plötzlich, wie aus dem Nichts heraus, gab es Krebse im See. Davon hatten ihre Urgroßeltern immer geschwärmt. Ein Leckerbissen, hatten sie gesagt. Sie waren vor vielen Jahren wegen einer Pest, für die die Tiere die Menschen verantwortlich gemacht hatten, alle verendet. Leider waren die Aale noch nicht zurückgekehrt. Wenn Odin an sie dachte, lief ihm das Wasser im Schnabel zusammen.

Weniger gern erinnerte er sich an Sylvias Schicksal. Vor allem die Rolle, die Hugin dabei gespielt hatte, hätte ihn warnen müssen.

Der Tag war sehr anstrengend gewesen, besonders für Sylvia. Ganz allein war sie mit ihren Kindern durch den trockenen Wald gestöbert und hatte nach Nahrung gesucht. Es hatte seit Wochen nicht einen Tropfen geregnet. Selbst dort, wo bis vor wenigen Wochen der Boden vom Schmelzwasser noch matschig war, knisterte nun alles vor Trockenheit. Tief hatte sie den Boden mit ihrem Rüssel aufgegraben und dennoch nur wenige Engerlinge und essbare Wurzeln gefunden.
Ihre kleinen Kinder hatten immer wieder nach Muttermilch verlangt und schon dreimal hatte sie nachgegeben. Jetzt konnte sie nicht mehr. Sie ruhte sich in der Sonne einer Lichtung aus und wartete auf Karl. Er sollte die Kleinen ein wenig ablenken und mit ins Unterholz nehmen. Dort hielten sie sich besonders gerne auf.

Nachdem Sylvia sich ein wenig erholt hatte, spürte sie selbst auch Hunger. Noch ein wenig schläfrig schaute sie sich suchend um und entdeckte im trockenen Laub einen riesigen Wurm. Reflexartig schnappte sie danach. Noch in der Schnappbewegung spürte sie einen stechenden Schmerz im Rüssel. Der Riesenwurm entkam ihr, und sie ärgerte sich über ihre Tollpatschigkeit. Sie döste weiter, während die Kleinen unbeschwert herumtollten.

Als nach mehreren Stunden Karl zurückkam, gelang es ihm nicht, seine Frau zu wecken. Schon von weitem hatte er gesehen, dass die Kinder auf der Mutter herumsprangen so, als ob sie ein Erdhügel wäre. Das ließ sich Sylvia gewöhnlich nicht gefallen.

Er stieß Sylvia mit seinem Rüssel freundschaftlich in die Seite, um sie aufzuwecken, doch sie rührte sich nicht. Er legte sein Ohr an ihren Hals, um die ihm nach vielen gemeinsamen Jahren so vertrauten Töne zu hören. Nichts. Er vernahm weder das Schlagen des Herzens noch das Rauschen des Blutes. Er geriet in Panik. Völlig unbeherrscht jagte er die junge Meute davon, schnüffelte an Sylvias Ohr, eine Geste,

die sie unter normalen Umständen zu einem wohligen Grunzen veranlasst hätte. Er biss ihr in den kleinen Schwanz, was sie gar nicht gern hatte. Nichts. Sylvia zeigte keinerlei Regung.

Hugin, der nicht weit entfernt auf der Suche nach Essbarem war, kam wie zufällig vorbei und fragte, ob er behilflich sein könnte. Karl zeigte stumm auf seine Frau. Der Kolkrabe berührte mit seinem spitzen Schnabel ganz vorsichtig eins der kleinen Schweinsäuglein. Nichts. Sylvia zuckte mit keiner Borste.

„Tot", sagte er leise. „Deine Frau ist tot, vergiftet."

„Vergiftet? Wer tut denn so was?"

„Die Kreuzotter natürlich!" Hugin wunderte sich über die Unwissenheit des Keilers. Karl reckte seinen Rüssel fast senkrecht nach oben und gab einen borstensträubenden Klageton von sich, der dem Raben durch Mark und Bein ging. Dann schaute sich der Keiler um, versammelte seine Kinder und stürzte sich ins nahegelegene Dickicht. Tagelang sah und hörte keiner etwas von ihm.

Als der Adler vom Tod Sylvias erfuhr, war er ohne ein weiteres Wort zu verlieren, auf dem kürzesten Weg zu der Lichtung geflogen, wo Sylvia lag.

Die Kreuzotter schlief in der Sonne und war sich keiner Schuld bewusst. Mit einem einzigen Schnabelhieb wurde er seinem Ruf als göttlicher Schlangentöter gerecht.

Heute wusste Odin, dass sie sich um die Frage des Krank- und Altwerdens der großen Tiere bis dahin nicht gekümmert hatten. „Karl braucht jetzt Hilfe", hatte hingegen schon damals Hugin gesirrt. Der Rabe war der Meister der Anpassung. Wahrscheinlich konnte er sogar genauso grunzen wie Karl. Bei der Wahl hatte sich Hugin über Karl und Sylvia noch lustig gemacht! Dem Raben war nicht mehr zu trauen.

Odin war sich nicht mehr sicher, ob er damals richtig gehandelt hatte. Die Großen durften Große nicht umbringen. Das war der Grundsatz. Aber, die Kreuzotter hatte ihrerseits gegen die neue Ordnung verstoßen und ein großes Tier getötet. War sie deshalb kriminell? Hatte sie nicht in Notwehr gehandelt?

Hugin hatte ihn nur groß angeschaut und entgegen seiner Gewohnheit geschwiegen, als er vom Tod der Schlange erfuhr. Er spielte weiterhin den mitfühlenden Tierfreund, der nur an das Schicksal des verwitweten Ebers und seiner Kinder dachte.

Er wäre niemals Berater geworden, hätte er nicht schnell einen Lösungsvorschlag parat gehabt. Der Dachs könnte helfen. Man müsste ihm nur erklären, warum ausgerechnet er helfen sollte und warum sich die Kreuzotter nicht an die Regeln gehalten hatte:

„Weißt du, Wanst, irgendwie hast du Recht, aber dann auch wieder nicht. Unser Wahlspruch ‚Die Großen für sich; die Kleinen für mich' ist nicht ganz vollständig. Eigentlich heißt er ‚Die Großen für sich und füreinander; die Kleinen für mich'. Aber das reimt sich nicht, verstehst du?"

Wanst dachte nach und war dann sehr verständnisvoll.

Hugin lief mit der guten Nachricht gleich in den Wald, um Karl zu informieren. „Hallo, Karl. Wie geht's euch? Habt ihr genug zu fressen?", fragte er in mitleidsvollem Ton an. „Ich bringe dir Grüße von Odin und eine gute Nachricht."

„So, so, eine gute Nachricht. Das wäre in all den Jahren das erste Mal", sagte der Keiler verwundert und mürrisch zugleich.

Er erklärte dem staunenden Keiler, was mit Wanst vereinbart worden war.

Karl war gerührt. Hugin sah, wie sich ihm einige Tränen aus dem rechten Auge stahlen; wahrscheinlich auch aus dem linken, aber das konnte er mit seinen weit auseinander sitzenden Vogelaugen nicht gleichzeitig sehen.

„Warum tut ihr das für mich?" fragte Karl mit bewegter Stimme.

„Weil du nach Sylvias Tod in Not geraten bist und weil du der beste Hüter des Waldes bist, den man an unserem See je gesehen hat. Odin will dich zum Waldhüter ernennen. Nimmst du das Amt an?" Ganz ohne nachzudenken, war ihm dieser letzte Teil der Antwort plötzlich eingefallen. Karl war stolz wie ein Auerhahn: „Dann habe ich es im hohen Alter doch noch geschafft, Anführer zu werden."

Einwanderer

Odin lag hoch oben im Horst und schwelgte in Erinnerungen. Sein Gedächtnis ließ ihn nicht im Stich, solange er mit dem Erlebten Wohlbefinden verband. Unangenehmes verdrängte er gern oder deutete es unbewusst um, damit ihm nichts und niemand seinen Stolz stahl. In welchem Jahr nach dem Verschwinden der Menschen sich

die Dinge ereignet hatten, vergaß er allerdings wie alles, was ihn langweilte.

Er hatte einen wunderbaren Sonnenuntergang erlebt. Als der Himmel sich zu färben begann, stand die Sonne noch ziemlich hoch im Westen, war dann im Nordwesten langsam in den See gesunken und im Norden hinter dem Wald für eine kurze Zeit wie in einem tiefen Tal verschwunden. Kurz danach war sie im Nordosten wieder aufgetaucht und hatte den See verzaubert. Der Himmel war nicht eine Minute dunkel gewesen.

Dieses Erlebnis, als der Abend ohne Nacht uferlos in den Morgen überging, war auch dann noch in seinem Kopf, als die Nächte schon wieder länger wurden und die Tage kürzer. Die Erinnerungen an diese schöne Zeit hatte ihm jahrelang die Sicht auf andere schöne Dinge verstellt. Aber die Fragen nach Gott, dem Paradies und dem Himmel hatten ihn nicht mehr losgelassen. Da er nachts immer öfter nicht schlafen konnte, entdeckte er den nächtlichen Himmel mit seinen unzähligen Sternen. Am Gise sah der Himmel im Spätsommer noch genauso aus wie vor tausend Jahren.

Über dem schwarzen Wald und dem dunkelblauen Wasser wölbte sich das Meer funkelnder Sterne. Keine Lampe, kein Scheinwerfer, kein Feuer wetteiferte mit ihnen darum, gesichtet zu werden. Odin neigte den Kopf zur Seite. So konnte sein kleines Auge den riesigen Himmel besser einfangen. „Hinter den Sternen ist das Paradies", hatte ihm Lasse zu erklären versucht. Er richtete sein Auge auf den größten von ihnen, schaute dann an ihm vorbei und fixierte den dahinter sichtbaren, dann den offenbar noch weiter entfernten, bis er die Übersicht verlor und alle Sterne in milchigem Licht verschmolzen. Er konnte das Auge nicht mehr offenhalten.

Auf einem hohen Horst aus schneeweißen Federn saß der Adler in seinem glänzenden Federkleid. Sein gelber Schnabel strahlte wie das Rapsfeld des Bauern im Frühsommer.

Ihm gegenüber hockte stolz seine Frau. Das zarte Blau ihrer Federn war noch heller als ein blühendes Leinenfeld im Juli und die beiden erwachsenen Kinder auf dem kräftigen Kiefernzweig in unmittelbarer Nähe hätten ihren Eltern an Eleganz nicht nachgestanden, wenn sie nicht dauernd ihre gierigen roten Schnäbel aufgerissen hätten.

Silberfarbene Fische mit roten Flügeln flatterten um den Horst. Die kleineren verschwanden regelmäßig in den Schnäbeln der jungen Adler, die größeren warteten geduldig, bis der alte Adler oder seine Frau den Schnabel wieder öffnete. Ob die Menschen das „Milch und Honig" nannten? Er hatte das Paradies gefunden!

Seine Träumereien nahmen ein unerwartetes Ende, als unbekannte Geräusche an sein Ohr drangen. Aus dem Schatten der großen Nestinsel mitten im See schwammen zwei große Vögel heraus, die ihm sonderbar vorkamen. Es waren nicht die Eistaucher, obwohl sie ihren Schnabel ähnlich schräg nach oben hielten. Auch Kanadagänse konnten es nicht sein. Das Gefieder der Unbekannten sah auf der Schattenseite schwarz und blau auf der Sonnenseite aus.

Als Hugin einige Zeit später eilig vorbeiflog, rief Odin ihn bestimmter als sonst zu sich und zeigte auf die fremden Vögel:

„Wer ist das?"

„Ich kenne sie nicht." Der Rabe war kleinlaut. Die Stimme seines Chefs kam ihm ungewöhnlich scharf vor. In dieser Situation irgendeine beliebige Antwort zu geben, wie er es sonst tat, schien ihm unpassend. Außerdem war er immer noch verärgert. Nach dem letzten Gespräch mit dem Adler hatte er sich vorgenommen, ihm aus dem Weg zu gehen. Dessen Drohung, ihn mit niederen Arbeiten zu bestrafen, war ihm nicht entgangen. Sich ihm zu unterwerfen und seine Freiheit zu opfern kam nicht mehr in Frage.

„Was? Du kennst die Vögel auf unserem See nicht? Was treibst du den ganzen Tag? Finde heraus, wer die Fremden sind. Verstanden?"

„Ja, ja!" Wütend flog er davon.

Als er nach einiger Zeit zurückkam, nahm er vorsichtshalber auf dem untersten Ast der Kiefer Platz. Er, der auch dann noch redete, wenn er nichts zu sagen hatte, war um die richtigen Worte verlegen:

„Ich kenne sie auch nicht. Sollen doch die beiden Eistaucher herausfinden, wer sie sind. Oder Großmaul."

Odin wurde zornig. Er ließ Hugin spüren, für wie unfähig er ihn hielt:

„Mein lieber kleiner Rabe, du lässt nach an Eifer und Einsatz. Ich fürchte, ich muss mir einen neuen Berater suchen."

Hugin war es recht. Er würde von nun an nur noch seinen eigenen Kurs fliegen. Außerdem verstand er sich mit Luzifer von Tag zu Tag besser.

„Flieg' zu Großmaul und befiehl ihm, herauszufinden, wer die Neuen sind!" Odin ließ nicht locker.

Als Hugin zurückkam, hatte sich Odins Zorn noch nicht gelegt: „Na und? Wer sind die komischen Vögel?"

„Großmaul hat auch keine Ahnung. Sie sind so groß wie die Gänse, das kann er mit Bestimmtheit sagen." Der Rabe hielt seinen Auftrag für erledigt und flog hastig davon.

Ich muss die Eistaucher um Hilfe bitten, sah Odin ein. Sie müssen doch herausfinden können, wer da auf unserem See herumschwimmt.

Die Eistaucher taten, wie ihnen aufgetragen worden war. Sie tauchten zunächst unter den Fremden her, wussten aber nicht, mit wem sie es zu tun hatten. Dann schwammen sie ganz in ihre Nähe und riefen: „Wer seid ihr?"

Die schwarzen Vögel antworteten nicht, versuchten sogar den Abstand zu den neugierigen Eistauchern zu vergrößern. Der größere der beiden versuchte erneut, mit den Fremden ins Gespräch zu kommen:

„Wir sind die Eistaucher vom Gise. Wer seid ihr?"

Einer von ihnen rief etwas, doch waren die Eistaucher nicht sicher, ob sie die Antwort richtig verstanden hatten. Es hatte sich angehört wie

„Komm mal ran", aber als sie sich ihnen näherten, flogen sie dicht über dem Wasser davon.

Obwohl sich die Fremden von nun an jeden Tag am See aufhielten und im Fischen recht geschickt waren, blieb die Frage, wer sie waren, zunächst unbeantwortet.

Eines Tages, es war mittlerweile Spätherbst geworden, kam Elegantia zum Adlerhorst und beschwerte sich darüber, dass das Wasser an ihrer Trinkstelle seit einigen Wochen bitter schmecke. Das könne nur mit dem weißen Felsen oberhalb der Wasserstelle zu tun haben. Odin wurde hellhörig:

„Wo gibt es denn einen weißen Felsen in unserem See?"

„Weißt du das nicht? Auf der anderen Seite der Nestinsel, wo sich die Fremden aufhalten. Von hier aus kann ich ihn dir nicht zeigen. Komm mit." Das Reh fügte hinzu, es habe mit einem der Fremden zu sprechen versucht, doch habe der nur drohend den Schnabel aufgerissen.

So schnell es konnte, rannte es um den See herum zur anderen Seite, während Odin fliegend den kürzeren Weg über die große Insel hinweg nahm. Als er ankam, sah er gerade noch, wie die fremden Vögel davon flatterten. Vor Schreck oder aus Gewohnheit ließen sie dabei ihren weißen Kot fallen.

Er nahm einen Schnabelvoll von dem Wasser zu sich und wollte den Kopf nach hinten beugen, um besser schlucken zu können, als er alles wieder ausspuckte. „Pfui, Mensch. Das kann doch keiner trinken! Das schmeckt ja wie, wie ...", er kam auf keinen Stoff, der so abscheulich schmeckte wie dieses Wasser.

„So darf das nicht weitergehen!" entschied er. „Die Fremden müssen lernen, sich an unsere Regeln zu halten!"

„Unsere Möwen tun doch so etwas auch nicht!" empörte sich Elegantia.

Odin stimmte ihr zu, obwohl er sich zu erinnern glaubte, auf der Möweninsel auch weiße Flecken gesehen zu haben. Er wollte noch am Abend zur nahe gelegenen Ostseebucht fliegen, um sich bei den Seevögeln nach den Fremden zu erkundigen. Vielleicht waren sie dort bekannt.

Der erste, der ihm begegnete, war sein großes Vorbild, der Seeadler. Er kannte die Vögel: „Das sind Kormorane. Schau mal dort hinten. Fast alle Felsen sind weiß. Wir mögen die Fresser nicht. Sie picken manchmal die Fische nur an, ohne sie zu verzehren. Fürchterliche Gesellen! Bei uns heißen die nur Schwarzschädel."

Schon am nächsten Tag beauftragte Odin den ältesten Eistaucher, den neuen Gisebewohnern die Grundregeln des Zusammenlebens zu erklären, was nicht leicht war. Vieles musste er dreimal wiederholen oder durch Zeichen erklären, aber Kormorane lernen schnell. Vor allem ihre Jungen sprachen alsbald die neue Sprache ebenso gut und flüssig wie die alten Bewohner.

Mit den älteren Kormoranen war es schwieriger, und lustiger. Wörter mit „ch" konnten sie gar nicht aussprechen. So sagten sie „fischte", wenn sie „Fichte" meinten, oder wenn jemand von Eidechsen sprach; verstanden sie „Eid-Eschen". Einmal sagte ein alter Kormoran: „Gestern Abend habe ich viele Meisen auf einem Felsen im See gesehen." Die Kormorankinder kicherten dann, verbesserten ihn und lehrten ihn den Unterschied zwischen Meise und Ameise.

Heimkehrer

Wer noch nie einen Frühling am Gise erlebt hat, ist ein armer Wicht. Mit der neuen Sonnenwärme, dem blendenden Licht und den lauen Winden kamen das zarte Grün der Birken zurück, die hellen und dunklen Blautöne des ungetrübten Seewassers und der Duft von Buschwindröschen, Primeln und Tussilago. Die Amseln flöteten wieder, die Meisen zwitscherten vergnügt, vom See her ertönte der durchdringende Lockruf der Eistaucher: „Kommt her, kommt her, kommt her!" Und wenn die Tiere den Kuckuck in ihrer Nähe vernahmen, wussten sie, der Sommer war nicht mehr weit.

Die allgemeine Aufbruchsstimmung wurde in diesem Jahr noch verstärkt durch Berichte über weitere neue Bewohner, die der See von

weit her angezogen hatte.

Großmaul hatte die eigentlich schon früher erwarteten Aale an der Stelle entdeckt, wo der See in den kleinen Bach mündete. Und die Kanadagänse hatten ein Pelztier beobachtet, das sich sein Nest für die Jungen in einem größeren Felsspalt auf der Nordostseite des Sees baute. Das Tier war etwa so groß wie der Biber und daher den Großen zuzurechnen. Großmaul hatte diese Nachricht bestätigt. Ihm war der Neue auf einem seiner Tauchgänge begegnet. Er fraß offenbar von Natur aus nur kleine Fische.

„Und kleine Vögel!" hatte die Gans hinzugefügt. „Und Frösche!" wusste der Fischreiher. Er war ein wenig neidisch; der Neue war ein geschickterer Jäger als er!

Odin wollte wissen, wer die neuen Pelzträger waren. Aber Hugin ließ sich nicht mehr blicken. Der Adler musste daher trotz seines hohen Amtes immer mehr selber erledigen.

Schon von weitem erkannte er den Nerz mit seiner Frau. Es erfüllte ihn mit Stolz, dass nunmehr auch ein so lange vermisstes Tier bei ihnen am See Zuflucht gefunden hatte. Die Nerze waren von Osten gekommen und hatten drei Jahre gebraucht, bis sie den in ganz Skandinavien gerühmten See endlich gefunden hatten. Sie waren sehr verständige Wesen und hatten mit der geltenden Einteilung der Tiere in Große und Kleine keine Schwierigkeiten.

Die meisten Vögel hatten jetzt mit dem Brutgeschäft zu tun und dabei viel Zeit und Muße, auf die nähere und, im Fall des Fischadlers, auch auf die weitere Nachbarschaft zu schauen. Oft hob er ab, schraubte sich auf der warmen Luft über den Bäumen hoch in die Lüfte und suchte den Himmel nach dem weißen Horst ab. Der Traum vom Paradies ließ ihn nicht mehr los.

Luzifer entging das seltsame Verhalten des Adlers nicht. Was sucht der Vogel dort oben? fragte er sich. Die Fische sind doch unten im See!

Als Odin eines Morgens von seinem Höhenflug zurückkehrte, bemerkte er, wie der Fischreiher erschrocken aufflog, ein junger Kolkrabe meckernd seine Schaukel verließ und die Rehe an der Trinkstelle in Panik davonstürmten.

Auf einer Lichtung glaubte er Wolf zu erkennen, der zielstrebig auf den See zulief. Der Adler kreiste über ihm. Das war nicht der Hund! Er ließ sich nach hundert Flügelschlägen auf einer verdorrten Kiefer nieder und wartete.

Als sich das fremde Tier bis auf zwanzig Schritte genähert hatte, blieb es abrupt stehen, schaute nach oben und fragte den Fischadler:

„Was guckst du? Hast du noch nie eine Wölfin gesehen?"

Odin war überrascht, ja, wenn er ehrlich war, sogar ein wenig beeindruckt davon, wie furchtlos diese Fremde ihn angesprochen hatte.

„Ich bin Odin, der Anführer aller großen Tiere vom Gisesee. Und du, woher kommst du?"

„Von weit her, aus den Bergen. Ich suche eine neue Heimat."

„Hm, warum ausgerechnet bei uns?"

„Im Winter auf der Flucht begegnete ich Wildschweinen aus der Gegend; sie haben mir erzählt, wie glücklich die Tiere bei euch sind."

„Und da, wo du herkommst, nicht?" erkundigte sich Odin.

„Nein, nicht mehr. Bei uns bauen die Menschen eine Autobahn mitten durch unser Jagdgebiet. Da die Bauarbeiter große Angst vor uns haben, sind die Jäger gekommen und haben bis auf mich das ganze Rudel totgeschossen."

Odin spürte, wie schwer es der Wölfin fiel, diese traurige Geschichte zu erzählen. „Du bist bei uns willkommen, wenn du dich an unsere Regeln hältst. Komm, ich zeige dir den Weg."

Die Neue wäre für den einsamen Lasse eine wunderbare Gefährtin, dachte er. Er sah die beiden bereits als glückliches Paar. Sie mussten nur noch irgendwie zusammengeführt werden. Dass er bereits in dieser Stunde an die Verbindung des Hundes mit der Wölfin dachte, zeugte von Weitblick und seinem Glauben an eine gute Zukunft für die Tiere.

Schon am nächsten Morgen sprach er zunächst den Hund an. Lasse rechnete damit, wieder über sein Leben bei Elmer berichten zu müssen und war daher ziemlich überrascht, als Odin ihn zu einer leckeren Mahlzeit auf seine Insel einlud.

Die fremde Wölfin konnte sich unter einer Einladung gar nichts vorstellen. Sie vermutete eine Falle. Allein der Gedanke, sich auf einer Insel ohne schnelle Rückzugsmöglichkeit aufzuhalten, war ihr unheimlich. Odin aber bestand darauf. Keiner sollte die Möglichkeit haben, einfach davonzulaufen.

Odin brauchte mehrere Anläufe, um die Wölfin von seinen guten Absichten zu überzeugen. Am dritten Tag gab sie endlich nach. Sein Hunger war größer als die Vorsicht.

Lasse war pünktlich zur Stelle, blieb aber in gebührendem Abstand auf einem Stein sitzen.

„Wo ist das Futter?" fragte er. Odin gab keine Antwort. Weil er wie wie ein stolzierender Hahn seinen Kopf mehrmals nach vorne stieß, glaubte Lasse, er sei wütend. Eingeschüchtert wartete er.

Da hörte der Adler die Stimme der Wölfin hinter sich: „Wer ist dieser hässliche Geselle dort hinter dem Felsen?" Mit der linken Vordertatze wies sie in Richtung Ufer. Odin sah nichts.

„Das ist Luzifer von Edelsvärds Hof", rief Lasse. „Der ist immer so neugierig."

Luzifer, aus Erfahrung misstrauisch und von Natur aus neugierig, war dem fremden Wolf gefolgt. Bauer Edelsvärd würde sich wundern, wenn er ihm von dem Eindringling erzählte.

Odin ärgerte sich. Zu der fremden Wölfin gewandt sagte er: „Mach dir keine Sorgen. Das ist ein streunender Kater, keine Gefahr für einen Wolf."

„Und der Hund da? Kommt der auch von den Menschen?"

„Nein, das ist Wolf. Der freut sich, dass du hier bist." Mit seinem rechten Flügel winkte er den Hund heran und stellte die beiden einander vor.

„Ich habe einen Wolfshunger." Ohne Lasse eines Blickes zu würdigen, kam die Wölfin gleich zur Sache.

Der Adler zeigte zweimal abwechselnd auf Lasse und die Wölfin und sagte: „Dies hier ist deine Mahlzeit und das ist deine."

Dabei hätte er gern gelacht. Aber wegen seiner geringen Erfahrung mit Wölfen wusste er nicht, ob die Neue sich freute oder wütend war.

Beide waren tatsächlich enttäuscht, spürten aber plötzlich keinerlei Appetit mehr, sondern wurden von einem Gefühl überwältigt, das die Wölfin nur aus ihrer Heimat kannte. Lasse verstand überhaupt nicht, was mit ihm plötzlich los war

Es kam zur ersten großen und offiziellen Hochzeit am Gise. Odin hatte festgelegt, dass das Fest in der ersten Vollmondnacht nach Ankunft der Wölfin stattfinden sollte. Er wusste, dass Wölfe dann besonders schön singen. Das wollte er sich nicht entgehen lassen.

Wegen des zu erwartenden Besucherandranges wurde die Feier auf der Walinsel veranstaltet. Die Trauung sollte streng nach einem von Odin festgelegten feierlichen Brauch vollzogen werden.

Wenn er heute an diesen Tag zurückdachte, begann er mit den Flügeln zu schlagen, so sehr hatte ihn die Wölfin mit ihrem durchdringenden Lied an den Vollmond ergriffen. Dies war der glücklichste Augenblick in seinem Leben als Anführer der Tiere gewesen. Darnach hatte sich vieles zum Schlechteren verändert. Heute galt es, den Himmel und das Paradies zu finden.

Hugins Erkenntnisse

Den Kater hatte Hugin zunächst immer wieder mal auf dem Hof des Bauern Edelsvärd gesehen, aber nie angesprochen; Katzen waren auch für den Raben gefühlsmäßig keine natürlichen Partner.

Durch Zufall, wie er meinte, begegnete er dem Kater in der Nähe des Sees. Luzifer begrüßte ihn mit gespielter Höflichkeit. Hugin fühlte sich geehrt. Gleichzeitig beglückwünschte er sich selber: Sich von Odin zu trennen war die richtige Entscheidung gewesen!

Luzifer hatte ihm die Hochzeitszeremonie bis in alle Einzelheiten beschreiben können, zugleich aber durchblicken lassen, dass er von Hunden und Wölfen nicht viel hielt. Es schmerzte Hugin, dem Kater zuhören zu müssen. Er war ja schließlich selbst maßgeblich an der Trauung beteiligt gewesen und nun tat sein Gesprächspartner so, als ob er ihm etwas Neues erzählte. Wie oft hatte er nun schon erlebt, dass sein ehemaliger Chef für etwas belobigt wurde, was auch er mitgestaltet hatte. Alles Lob dem Anführer, alle Tadel den Untergebenen, oder das Vergessen, sinnierte er.

Dem Kater eilte ein zweifelhafter Ruf voraus: Edelsvärds Hofdame hatte dem Raben und jedem, der es hören wollte, erzählt, Luzifer habe Zutritt zum herrschaftlichen Wohnzimmer. „Da hat er sogar ein Sofa nur für sich und wird von Frau Edelsvärd handgefüttert."

„Was heißt ‚handgefüttert'?" Der Rabe konnte es nicht glauben.

„Luzifer braucht nur Miau zu sagen und schon schiebt sie ihm einen Leckerbissen ins Maul", hatte die Gans verächtlich hinzugefügt.

Hugin beneidete seinen neuen Freund. Gemütlich und warm auf dem Sofa liegen und mit Leckereien gefüttert werden, das stellte er sich schön vor. „Aber warum tun die Menschen das?", hatte er verwundert gefragt.

„Das musst du wissen: Er fängt für den Bauern die Mäuse und die Ratten, und Frau Edelsvärd soll einmal gesagt haben ‚Luzifer ist mein drittes Kind'." Die Gans hatte verächtlich geschnattert.

Schwer zu glauben, dachte Hugin. Luzifer sah viel zu wild und ungepflegt aus, aber er hielt seine Zweifel für sich. Was bisher der Hund sollte für ihn der Kater sein: ein Kenner der Menschen. Nach dem Bruch mit Odin brauchte er einen ebenbürtigen Gesprächspartner. Dem schlauen Kater war es recht. Er hatte längst erkannt, dass der Rabe eitel und selbstverliebt war. Wiederholt hatte er sich gefragt, warum der Vogel immer nur im Schatten der Bäume oder eines Felsen Wasser schlürfte. Da wo die Sonne schien, war der See doch viel heller.

Hätte Hugin nicht bei einer Gelegenheit behauptet, sein Federkleid sei weißer als das der zahmen Gans, hätte auch Luzifer länger gebraucht, um den Raben zu durchschauen.

Ob es in seinen Genen lag oder ob seine Eltern es ihn gelehrt hatten, Hugin hielt daran fest, dass sein Federkleid weiß war. Das auch noch, als er vor Jahren an einem sonnenbeschienenen Seeufer seinen Durst stillen wollte und unerwartet der Wahrheit ins Auge blickte: War das sein Spiegelbild? Er hatte den Schnabel hin und her bewegt, mit dem linken Auge nach unten zum Wasser geguckt, mit dem rechten nach oben zur Sonne, dann umgekehrt und wieder zurück, bis er völlig durcheinander war: weiß – schwarz, weiß - schwarz, schwarz - weiß. Er hatte erregt mit den Flügeln geschlagen, er hatte einen Fuß ins Wasser gehalten. Immer äffte ihn der Rabe nach. Er wäre kein Rabe gewesen, wenn er nicht erkannt hätte, wie sich die Sache verhielt. Er flog auf und davon. Weil er aber seinen Durst noch nicht gestillt hatte, versuchte er es an einer anderen Stelle des Sees. Hier enttäuschte ihn sein Spiegelbild nicht: es gab keins. Die Welt war für ihn wieder in Ordnung. Sein Federkleid blieb weiß.

Lange hatte es gedauert, bis der Herbstregen endlich aufhörte. Außer den Birken trugen die Laubbäume noch ihr grünes Kleid. Der See hatte sich von der Dürre des Sommers erholt und führte reichlich Wasser an den Bach ab. Dann änderte sich das Wetter von einem auf den anderen Tag.

Als Hugin lang vor dem Morgengrauen erwachte, hatte es stark gefroren. Der See lag regungslos vor ihm und am Himmel zogen schwarzblaue Schneewolken auf. Er wollte nicht glauben, dass der Winter in diesem Jahr schon so früh einsetzte. Er kratzte sich am Ohr, um den Lärm zu deuten, der ihn geweckt hatte. Mit wenigen Schlägen flog er auf die Spitze der Kiefer und sah sich um. Nicht sehr weit von ihm entfernt, da wo später die Sonne aufgehen würde, sah er grelle Lichter, die sich mal hierhin, mal dorthin bewegten. Und dann entdeckte er ein Ungetüm, drei Mal so groß wie der Traktor auf Edelsvärds Hof, mit riesigen Gleitketten auf beiden Seiten und einem Schnabel, der länger war als sein Schlafbaum. Drum herum standen untätig Menschen in roter Verkleidung und klobigen Schuhen an den Händen. Dann wurde der Lärm unerträglich. Er wollte schon auf die andere Seite des Sees fliegen, als ihn Luzifer ansprach: „Hej, Hugin. Da staunst du, was?"

Er war so verdattert über das unerwartete Erscheinen des Katers, dass er den Schnabel öffnete, aber keinen seiner vielen Töne herausbrachte.

„Hugin, hörst du mich? Hier ist Luzifer!"

„Ich höre dich, aber sehe dich nicht."

Luzifer kletterte zu ihm hinauf und keckerte: „Jemand lässt den Wald umbringen. Komm mit, wir müssen uns das ansehen."

Er sprang in einem Satz nach unten und landete tatsächlich auf allen Vieren, wie man es ihm immer nachsagte. Hugin folgte ihm, indem er von Baum zu Baum flog. Er wollte unter keinen Umständen vor dem Kater vor Ort sein.

Je näher die beiden kamen, desto unangenehmer wurden die bullernden Geräusche. Sie waren für Tierlauscher unerträglich. Dem Mann auf dem Ungetüm schien der Lärm nichts auszumachen. Der lange Schnabel umfasste einen Baumstamm kurz über dem Boden, biss ihn mit lautem Kreischen ab, schob ihn an den Zähnen vorbei, ließ die Äste und Zweigen fallen und wendete den Stamm nicht weniger geschickt als Großmaul seine Rotfeder. Zuletzt zwackte er drei gleich lange Stücke ab und stapelte sie nacheinander geordnet auf einem ansehnlichen Haufen.

Hugin war zwischen Staunen und Empörung hin- und hergerissen. Luzifer gab sich unbeeindruckt: „Hab ich schon öfter gesehen", schnurrte er.

Bauer Edelsvärd betrachtete das Schauspiel mit großem

Wohlgefallen.

Nach drei Tagen beruhigte sich der Wald wieder. Auf der riesigen Kahlstelle türmten sich Berge von Reisig. Hier und da war eine Birke oder ein toter Stamm ohne Krone stehen geblieben. Bis auf ein paar kleine Fichten und strubbelige Brombeersträucher waren nur noch moosige Felsen zu sehen. Entsetzt entdeckte Hugin die vielen Vogelnester, die mit dem Reisig achtlos zusammengeschoben worden waren.

Das einzige Tier, das sich über den Kahlschlag freute, war der Bussard. Er hatte jetzt leichtes Spiel: Von der Baumspitze aus konnte er das riesige Gelände mühelos überschauen. Die ahnungslosen Mäuse waren ihm völlig ausgeliefert.

„Edelsvärd glaubt, dass ihm der ganze Wald gehört", nörgelte Luzifer scheinheilig. „Er zerstört einen Teil unserer Heimat " Hugin verachtete den Menschen. Luzifer war zufrieden. Er wusste es besser.

Am kürzesten Tag des Jahres schneite es heftig. Die Fichten trugen die weiße Last mit Würde. Der See war schon nach dem Frost erstarrt. Jetzt erstrahlte er in winterlicher Pracht: hellblau im Schatten des Waldes, glänzend weiß in der Mittagssonne und rosefarben, wenn am frühen Nachmittag die Sonne im Südwesten unterging.

Auf der Kahlstelle waren die hässlichen Baumstümpfe, die nackten Steine und das unnatürliche Grau verdorrter Gräser wie von einem Leichentuch zugedeckt. Auch für die Tiere am Gise galt: Aus den Augen aus dem Sinn.

Die Wölfin war mittlerweile Anführerin eines ganzen Rudels. Wie die meisten weiblichen Lebewesen war sie Lasse an Geschicklichkeit und Durchsetzungskraft von Anfang an überlegen gewesen. Die jungen Wölfe ordneten sich daher instinktiv der Mutter unter.

Wie sie die letzten beiden Winter überstanden hatten, wusste außer Luzifer niemand. Irgendwann würde er Hugin sagen, wie wenig sich die Wölfe an die Spielregeln hielten.

Auch über Karl und seine Kinder oder die Gans hätte er einiges zu berichten gehabt. Doch er behielt es bis auf weiteres für sich. Um Hugin nicht zu beunruhigen, durfte er nicht alles auf einmal preisgeben. Wissen war Macht. Den Fragen Hugins konnte er dennoch nicht immer ausweichen.

Weil Edelsvärds Hofdame lange nicht mehr gesehen worden war, fragte Hugin den Kater: „Wie kommt eigentlich die Gans durch diesen harten Winter. Der See ist zugefroren, die Bäche führen kaum Wasser, das Gras liegt unter der Schneedecke…?"

„Die dumme Gans ist schon mit Beginn des ersten Frostes zu ihren Artgenossen auf den Hof zurückgekehrt. So eine lange Hungerperiode wie die im Vorjahr wollte sie nicht nochmal erleben", log Luzifer.

In einer mondhellen Nacht, einige Tage später, sah Hugin den Kater in der Nähe des Hofes scheinbar ziellos umherirren. Auf dem hellen Schnee war sein schwarzgraues Fell gut zu erkennen, nicht aber seine teuflischen Augen. Hielt er sie geschlossen oder weinte er gar? Hugin ließ sich auf dem Weidezaun nieder und krächzte leise.

„Ach du bist es, Hugin. Suchst du mich?"

Hugin mochte nicht zugeben, dass ihn reine Neugier antrieb. Darum antwortete er: „Die Geschichte mit der Gans lässt mir keine Ruhe…"

„Ja, das war ein rabenschwarzer Tag für sie, aber es gibt Schlimmeres." Hugin wartete. „Bauer Edelsvärd will mir kein Fleisch mehr abgeben. Auch seiner Frau hat er strengsten verboten, mich am Tisch zu füttern. Und weißt du warum?" Er wartete Hugins Reaktion nicht ab. „Ich soll mehr Mäuse fangen. Faul hat er mich genannt. Da hab ich es auf dem Sofa nicht mehr ausgehalten."

„Auf die Menschen kann man sich nicht verlassen, Luzifer."

„So ist es, Hugin. Ich habe zu euch gehört, gehöre zu euch und werde immer zu euch gehören."

„Das weiß ich doch, Luzifer. Ich hab daran nie gezweifelt, aber Odin hat oft gesagt, dass er dir nicht traut, weil du am Hof der Menschen lebst."

„Das sagt er nur, weil er neidisch ist."

„Wieso neidisch?"

„Na weil ich mehr weiß als er!"

„Das stimmt", sagte Hugin

„Ich weiß zum Beispiel, was er nach dem Unfall mit der Kreuzotter gemacht hat!" Luzifer schaute den Raben vielsagend an.

„Er hat der Schlange erklärt, warum sie Sylvia nicht töten durfte", wusste Hugin.

„Nein, Hugin, dein göttlicher Odin hat die Kreuzotter aufgefressen!"

„Warum sollte er das tun?"

„Weil er Hunger hatte, Hugin; Hunger!"

Dem Raben versagte es die Sprache. Er flog davon, ohne sich zu verabschieden. Er musste nachdenken.

Der Kater kehrte zufrieden zu seinem bequemen Platz auf dem Sofa zurück. Ihm gelang es immer mehr, den Raben für sich einzunehmen. Der Zweck heiligt die Mittel, pflegte Edelsvärd zu sagen. Luzifer fand nichts dabei, dass er seine Darstellung, wonach ihn der Bauer wegen seiner Faulheit getadelt hatte, der Situation angepasst hatte. In Wirklichkeit hatte er die dumme Gans gerissen, als sie zurück in den Stall wollte. Das hatte Edelsvärd zwar nicht gefallen, aber seine Frau hatte gesagt, Luzifer habe sich „artgerecht" verhalten. Und zur

Belohnung hatte sie ihm ein Stückchen vom Barsch gegeben, den sie gerade filetierte.

Hugin saß nun schon den dritten Tag oben auf seiner Kiefer und dachte nach. Ihm waren Zweifel gekommen, ob das Gebot „Die Großen für sich, die Kleinen für mich" richtig war. Wenn schon Odin sich nicht daran gehalten hatte, würden auch die anderen Tiere dem schlechten Beispiel folgen.

Gerüchteweise war ihm zu Ohren gekommen, ein Wolfsrudel habe mehrere Schafe gerissen, aber da ihm Luzifer davon nie erzählt hatte, glaubte er die Geschichte nicht. Jetzt fiel sie ihm wieder ein und er begann zu zweifeln.

Der Zusatz, wonach die Großen einander in der Not helfen müssen, den ihm seine Fantasie in einem entscheidenden Augenblick eingegeben hatte, war im Alltag ohne Wirkung geblieben. Wanst hatte schon wenige Wochen nach seiner Bereitschaft, Karl zu unterstützen, gesagt: „Ich muss mich um meine eigenen Kinder kümmern." Und Karls Kinder hatten gar nicht erst versprochen, für ihren Vater Futter zu suchen.

Hugin sah ein, dass die ganze Ordnung nicht hielt, was sich Odin und er, wie er zugeben musste, davon versprochen hatten. Selbst das Schicksal der Kleinen ging ihm zu Herzen. Wie sollten sich die Mäuse auf dem trostlosen Kahlschlag vor dem Bussard schützen? Sie hatten keine Chance.

In Gedanken ging er seine Bekannten durch und stellte fest, dass der Elch und das Reh, die einzigen waren, die so lebten, dass sich niemand über sie beklagte. Und der Hase. Und die Kaninchen. Sie waren glückliche Tiere, vor allem seit Luzifer sie rechtzeitig warnte, wenn Edelsvärd seine Flinte oder Büchse aus dem Schrank holte.

Der Fischadler, die Wölfe, der Hecht, die Kreuzotter…. Und hatte er sich nicht selber auch nach Karls Hungertod an dem Leichenschmaus beteiligt? Er glaubte an seine eigene Theorie nicht mehr. Die wirklich Großen wie der Elch kamen ohne Gebote aus. Die Wölfe, Hechte oder Adler (und Raben) übertraten die Gesetze, ohne bestraft zu werden. Die Dummen waren die Schwächeren, und die vielen Kleinen.

Er wollte schon losfliegen, um sich endlich etwas Essbares zu besorgen, als es ihn wie der Blitz traf: Warum konnten nicht alle so leben wie die Elche und Rehe, wie Hasen und Kaninchen? Das wollte er bald mit Luzifer besprechen.

Wie es der Zufall wollte, traf er Lasse auf Elmers Grundstück. Aus alter Gewohnheit suchte er dort immer noch nach Essbarem. Er war ganz grau geworden und hatte sich seiner Wölfin auch äußerlich angepasst. Er wedelte wild mit dem Schwanz, als er den ehemaligen Gesprächspartner wiedersah. "Ich hab dich lange nicht mehr gesehen, Hugin. Geht's dir gut?"

„Du lässt dich mit deiner Wölfin nicht mehr blicken, Wolf. Aber ich habe euch öfter heulen hören."

„Wir hatten mit den Welpen viel zu tun. Sie mussten viel lernen, vor allem dem Bauern und seinen Leuten aus dem Weg zu gehen. Sie haben mehrmals auf uns geschossen."

„Das tut mir leid. Aber es hat sich hier vieles anders entwickelt, als Odin sich das gedacht hat. Die Großen halten sich nicht an die Regeln und die Kleinen finden nicht genügend Schutz."

Lasse wusste genau, wovon der Rabe sprach, aber er tat so, als habe er davon noch nie gehört. Er wechselte das Thema. „Was macht eigentlich Odin? Hält er immer noch so kluge Reden?"

„Aber nein! Odin ist alt geworden und lebt ganz allein. Seine Gefährtin ist von der letzten Reise nicht zurückgekommen. Er hockt entweder teilnahmslos auf dem alten Horst oder steigt hoch in die Lüfte, bis man ihn nicht mehr sehen kann. Aber sag mal, was hat dein Herrchen damals von dem Pastor erfahren, irgendetwas mit Liebe…?"

„Man soll andere genauso behandeln wie sich selber"?

„Vielleicht war es das."

„Oder meinst du, einer für alle, alle für einen?"

„Nein, davon hast du mir nie erzählt. Was soll das denn bedeuten?"

„Genau kann ich mich nicht erinnern, aber ich glaube, es heißt, wenn einer etwas tut, muss es für alle anderen auch gut sein, und alle helfen ihm, wenn es ihm schlecht geht."

„Hm, das muss ich mit Luzifer besprechen."

„Luzifer? Siehst du ihn oft?"

„Er ist wie ein Freund."

„Das wundert mich, Hugin. In unserer Rotte mag ihn keiner."

Mich wundert das nicht, dachte Hugin. Die Wölfe würde der Kater nicht warnen! Dass er den Elchen und Rehen rechtzeitig einen Tipp gab fand er sehr anständig. Er setzte seine Futtersuche fort.

Der Winter nahm in diesem Jahr kein Ende. Der Dauerfrost brachte die Natur vollkommen zum Schweigen. Ein Sturm hatte zwar den Schnee von den Fichten geschüttelt, auf der Erde aber lag er meterhoch. An der Futterstelle, die der alte Edelsvärd für Elche und Rehe angelegt hatte, sammelten sich von Tag zu Tag mehr Hungerleider. Das einzige Geräusch, das neben dem Heulen der Wölfe zu hören war, brachte Hugin hervor. Es hörte sich an wie „Ich lebe noch, ich lebe noch" und sollte den Kater anlocken.

Luzifer mochte die Kälte nicht. Bei diesem Wetters zog er es vor, die Mäuse in der behaglichen Scheune zu jagen. Er hörte das Krächzen des Raben in der Ferne. Soll er doch zu mir kommen, wenn er etwas von mir will, dachte er. Eine Zeit lang hörte er nichts mehr und glaubte schon, der Vogel hätte aufgegeben. Aber dann sah er seinen Schatten hinter dem Scheunenfenster. Er ging hinaus und bat ihn herein.

„Ich bin doch nicht lebensmüde, Luzi. Komm zu mir. Ich muss dich etwas fragen", krächzte Hugin entsetzt, benutzte aber den Kosenamen des Katers, um seine schroffe Ablehnung abzumildern. Er flog auf das Dach des Geräteschuppens, wohin ihm Luzifer dank seiner Kletterkünste folgte. „Was möchtest du wissen, Hugin?"

„Einer für alle, alle für einen, schon mal gehört?"

„Alles für einen? Ja, das kenne ich."

„Alle für einen, nicht alles!"

„Und wie ist das zu verstehen?"

Mit dieser Frage hatte Hugin gerechnet. „Die Mutter für die kleinen Kinder und die erwachsenen Kinder für den kranken Vater, nur als Beispiel."

„Sprichst du von den Menschen?"

„Nein, von uns natürlich. Was einer tut, muss für alle gut sein. Hast du schon einmal Wölfe jagen gesehen? Da hat beim Jagen jeder seine Rolle und alle fressen sich satt."

„Stimmt, sie töten auch große Tiere…"

Das hörte der Rabe nun schon zum wiederholten Mal. Einer für alle, alle für einen ging nur, wenn das Töten verboten würde. Das sagte er dem Kater.

„Wenn ich so darüber nachdenke, hast du Recht, Hugin. Elche töten nicht, Rehe nicht, Hasen nicht. Die Wildschweine müssten lernen, nur von Gras und Körnern zu leben wie die Hausschweine. Und du, Hugin? Könntest du nur von Körnern und Samen leben?"

„Kein Problem. Kann doch jeder oder nicht?" Ihm gefiel, was Luzifer gesagt hatte.

Ob der Kater die Idee gut fand, war schwer zu sagen. Er hatte immer noch das „Alles für einen" im Kopf.

Gemeinsam überprüften sie, welche Tiere umerzogen werden müssten. Der Dachs konnte zweifellos ohne zu töten auskommen. Sie hatten aber Zweifel, als es um den Fischreiher ging. Mochte der überhaupt Gras? Oder Blätter?

„Alle, die glauben, nicht ohne Fleisch auskommen zu können, müssen umdenken", warf der Kater ein, ohne an seine eigene Diät zu denken.

„Ja, was den Hecht angeht, so schließen wir ihn einfach aus; er lebt ja sowieso in der Unterwelt", sagte Hugin entschlossen.

„Und die Eistaucher und Kormorane?"

„Leben von der Unterwelt, also gehören sie zur Unterwelt."

„Und Odin?" Luzifer versuchte den Raben in die Enge zu treiben.

„Stammt aus der Unterwelt. Hat er nicht gepredigt, die Großen für sich und die Kleinen für mich?" eiferte sich Hugin, so als ob er diese Regelung schon immer für falsch gehalten hätte.

„Wasser predigen und Wein trinken", pflichtete ihm Luzifer bei.

Hugin verstand den Sinn des Satzes nicht, entnahm aber dem gefälligen Miauen, dass Luzifer ihm zustimmte. Ihm wurde immer klarer, dass eine neue Ordnung war besser als die alte. ‚Einer für alle, alle für einen' und ‚Töten verboten'. Das waren einfache Gebote. Sie würden das Zusammenleben am Gise wieder in Ordnung bringen.

Der demokratischen Ordnung halber holten sie die Zustimmung der Elche und Rehe ein und nahmen sich vor, die anderen Tiere im Laufe des kommenden Jahres zu informieren.

Aber jedes Mal, wenn Hugin „Einer für alle, alle für einen. Töten verboten" sagte, störte er sich an der Formulierung. Sie war zu lang und schwer zu verstehen. „Die Großen für sich und die Kleinen für mich", war musikalischer gewesen. Er flog hin, wo die Wölfe heulten und suchte Lasse. Er hoffte, dass sich der Hund genauer erinnerte, was der Pfarrer mit Elmer diskutiert hatte.

Leider erwischte er den Hund auf dem falschen Fuß: Er war so selbstvergessen mit seiner Wölfin beschäftigt, dass Hugin ihn mehrmals vergeblich ansprach. Als er sich schließlich dem Besucher zu zuwandte, sagte er verärgert: „Daran kann ich mich nicht mehr erinnern. Ich hab jetzt andere Sorgen."

Hugin flog enttäuscht davon. Er musste selbst eine leicht verständliche Formulierung finden. „Lasse für die Wölfin, die Wölfin für Lasse?" Nein, das war keine Lösung. Karl für die Frischlinge, die Frischlinge für…" Nein, das stimmte so auch nicht. „Jeder Wolf für das Rudel, und das Rudel für den einzelnen Wolf." Das passt, dachte er. Aber dann fiel ihm ein: Töten musste verboten werden. Hugin war ratlos. Er dachte an Luzifer. Hatte der seinen Vorschlag nicht gelobt? „Einer für alle, alle für einen?" Nervös flatterte er mit den Flügeln.

Luzifer hatte wie üblich den Raben bereits eine Weile beobachtet und als dieser auffliegen wollte, zeigte er sich und miaute zärtlich: „Hallo Hugin, wie schön dein Gefieder heute wieder glänzt." Dem Vogel gefiel es, kam aber sogleich zur Sache: „Einer für alle, alle für einen – das geht nicht…"

„Alles für einen? Gewiss geht das."

„Nein Luzi, es heißt: Alle für einen, nicht alles!"

„Sag ich doch, Hugin", erwiderte der Kater. Doch wenn du davon nichts hältst, ich kenne einen anderen Spruch der Menschen."

„Spann mich nicht auf die Folter, Luzi. Wie heißt er?"

„Liebe die anderen genauso wie dich selbst."

„Ich glaube, das hat Lasse auch schon mal erwähnt…"

„Dein Lasse ist nicht besser als die Wölfe. Die lieben nur sich selber", unterbrach ihn der Kater.

„Trotzdem, Luzi. Ich finde es nicht schlecht. Müsste nur noch leichter verständlich sein. Was hältst du von ‚Jeder liebt jeden'?"

„Ja, gut! Das versteht jeder."

„Und ‚töten verboten'?"

Der Kater schien Bedenken zu haben. Seinen eigenen Wahlspruch „Alles für einen" konnte er dem Vogel nicht vermitteln.

Da Hugin sprachlich erfindungsreicher war als Luzifer und einfache Regeln liebte, machte er einen überraschenden Vorschlag: „Wir brauchen nur eines der beiden Gebote: Entweder ‚Jeder liebt jeden' oder ‚töten verboten'. Wenn jeder jeden liebt, tötet er nicht."

Luzifer dachte lange nach. „Also nur: ‚Jeder liebt jeden'? Gut, Hugin, das ist sehr gut."

Der Kater hatte sich schon davon gemacht, als Hugin Bedenken kamen. War Luzifer nicht der Mäusefänger des Bauern? Liebte er etwa die kleinen Tiere, bevor er sie auffraß? Luzifer hatte entweder nicht richtig nachgedacht oder ihn mit gespielter Freude getäuscht. ‚Jeder liebt jeden' allein reichte nicht, um das Leben der Tiere am Gise friedlich zu organisieren. Er flog auf die Spitze seiner Kiefer und dachte nach. ‚Jeder liebt jeden', das konnte so bleiben. Das war leicht zu behalten. ‚Keiner tötet'? Es gefiel ihm nicht. Irgendetwas fehlte. „Jeder jeden", sagte er laut. „Und ‚keiner keinen'; das hört sich besser an." Er begann zu singen: „Jeder liebt jeden. Keiner tötet keinen." Das war es. Das war es!

Als er Luzifer seinen neuen Vorschlag unterbreitete, war dieser noch bedächtiger als üblich. „Keiner tötet keinen. Keiner tötet keinen", miaute er mehrfach. Aus seinem Munde hörte es sich falsch an. Umso überraschender war sein Urteil: „Hugin, du bist ein Genie, ein Meister der Sprache, der geborener Politiker. ‚Keiner tötet keinen' trifft den Nagel auf den Kopf, wie Edelsvärd zu sagen pflegt.

Hugin war mit sich und der Welt zufrieden. Wenn der Winterhimmel blau war, saß er oben auf seiner Kiefer und sonnte sich. Wie sein Gefieder glänzte! Weil der See nun schon eine ganze Weile zugefroren war, hatte er nicht einmal aus Versehen sein Bild im Wasser gesehen. Hinzu kam, dass ihm Luzifer bei jeder Gelegenheit bestätigt hatte, dass sein Gefieder weiß sei wie der Schnee. Seine Zweifel waren wie verflogen.

Im Winter deckten Eis und Schnee viel Unangenehmes zu.

Ende März brachte sich die Sonne wieder in Erinnerung. Das Eis auf dem See stöhnte und dröhnte, wie wenn es sich gegen seinen Untergang zu Wehr setzen wollte. Der Schnee verband sich mit dem Schmelzwasser zu grauem Matsch. Die zahlreichen Spuren der Rehe und des Fuchses, die den kürzeren Weg über die kleinen Buchten gewählt hatten, wurden zunächst größer und verschwanden dann ganz. Mitte April war der See wieder eisfrei und es gab reichlich Sauerstoff für die Fische. Die Hechte suchten bereits geeignete Stellen für die Eiablage. Die Eistaucher, Kormorane, Enten, Gänse und die Odinnachfolger bereiteten sich auf die Brutzeit vor. Auf den ehemaligen Grundstücken der Menschen nutzten die Meisen und Kleiber die alten Nistkästen.

Elche und Rehe suchten ruhige Verstecke für die Geburt ihrer Nachkommen. Und als der Ruf des Kuckucks weithin zu hören war,

freuten sich auch Hugin und Luzifer über den neuen Frühling.

Der Rabe wusste, was jetzt seine Pflicht war. Was nutzte es, wenn er sich mit Luzifer über ein Grundgesetz einig war, solange nicht die Mehrheit der Tiere es kannte und, was noch wichtiger war, ihm zustimmte.

Den anderen Tieren zu erklären, was mit Lieben gemeint war, hatte sich Hugin leichter vorgestellt. Dachte er an seine eigene Situation, war Liebe nicht mehr, als sich ab und zu um das Nest und die Kinder zu kümmern. Er liebte seine Frau dafür, dass sie ihm die meiste Arbeit abnahm.

Der Elch dachte ähnlich. Auch er konnte sich ganz auf die Elchkuh verlassen. Ob er seine Kinder liebte, wollte Hugin wissen. Die Antwort blieb vage: „Ich sehe sie jetzt zu selten. Aber ich liebe den Frühling, ich meine, meine Kuh im Frühling."

„Warum nur im Frühling?"

„Dann ist sie am schönsten."

„Stimmt", dachte Hugin, obwohl ihm der Spätwinter lieber war.

Elegantia mit ihrem Kitz war gesprächiger. „Ich mag mein Kind, und es mag mich."

„Woher…?"

„Woher ich das weiß?" unterbrach ihn das Reh. „Siehst du nicht, dass es immer meine Nähe sucht. Es braucht mich. Es hat Hunger."

„Du meinst also, füttern ist lieben?"

„Und berühren und ablecken und wärmen."

Hugin begann zu verstehen, dass lieben mehr ist, als dankbar sein. Das Reh liebte mehr als er selber. Er musste nochmal mit Luzifer sprechen. Der konnte sich besser erinnern oder sogar von seinem Sofa aus darauf achtgeben, wenn der Bauer oder seine Frau das Wort benutzen.

Als er den Kater ihn daraufhin ansprach, erzählte er ihm, wenn Edelsvärd gut gelaunt sei, sage er immer „älsklingdüärssomenrus". Hugin verstand nichts.

„Miaue doch nicht so, sprich ohne zu singen, und langsam."

„älsking dü är ssom en rus", wiederholte Luzifer.

"Was ist 'rus'?"

„Rose, kennst du keine Rose?"

„Und 'älskling'?"

„Das weiß ich auch nicht, aber Edelsvärd guckt immer so seltsam, wenn er das Wort singt."

„Kann der Bauer singen? Wie geht die Melodie, Luzi?" Wenn es um Musik ging, vergaß Hugin alles andere. Von Melodien konnte er nicht genug bekommen. Der Kater gab sein Bestes und miaute nicht viel besser als beim ersten Mal. Eine Reihe von Tönen ergibt noch keine Melodie, dachte Hugin. Er sang dem Kater die Melodie nach und sah ihn fragend an.

„Nicht schlecht für einen Raben." Luzifer war beeindruckt, wollte den Vogel aber nicht allzu sehr loben. Er war schon eitel genug. Aber weil Hugin nicht aufhören wollte zu singen, wurde es ihm zu viel. Er ging grußlos davon.

Hugin sang und flatterte, flatterte und sang, bis er sich auf seinem Schlafbaum wiederfand. An der Melodie gefiel ihm vor allem das „r" in 'rus'. Er rollte es so lange, bis sich ein Specht näherte und verwundert fragte, ob Hugin jetzt auch Bäume behämmern wollte. Diese Frage brachte ihn wieder zu Verstand und erinnerte ihn daran, dass er Luzifer wichtige Fragen gar nicht gestellt hatte.

Als er auf Edelsvärds Zaun Platz nahm, hatte er den Eindruck, dass Luzifer ihn nicht sehen wollte. Hugin krächzte laut und vernehmlich. Das musste Luzifer doch hören. Er sang 'älskingdüärssomenrus'. Was Frau Edelsvärd gern hörte, müsste doch auch ihrem Kater gefallen.

„Was willst du schon wieder, Hugin? Ich weiß auch nicht alles…"

„Ich will doch nur genauer wissen, was mit 'Jeder liebt jeden' gemeint ist Luzi."

Man sah Luzifer an, dass er bemüht war, sich zu erinnern. „Wenn Edelsvärd von anderen Männern spricht, sagt er 'vögeln'…"

„Was!" rief Hugin erregt. „Wie bei uns?"

„Und wenn er seine Frau meint, sagt er ‚zusammenliegen'."

„Wie ‚zusammen liegen'? Heißt lieben: nichts tun? Kann man lieben, ohne etwas zu tun?"

„Scheint so." Luzifer war kurz angebunden, wie man so sagt, wenn jemand ungern in etwas hineingezogen werden will.

Der Rabe war unzufrieden. „Und was sagen die Schweine?"

„Ich glaube, die sagen auch…, nein die sagen 'Liebe machen'."

Wen Hugin auch ansprach, alle verstanden etwas anderes unter „lieben".

Singen, füttern, ablecken, beschützen, liegen, vögeln, Liebe machen? Hugin war verwirrt. Er musste noch einmal mit Lasse sprechen.

Dem Hund, der nun schon lange mit seiner Wölfin zusammenlebte, war wieder nicht sehr gesprächig. „Lieben, lieben, was soll das sein? Ich habe Elmer geliebt, wenn er mir ein Leckerli gab, und heute liebe ich die Wölfin. Sie sagt, wo's langgeht."

„Bekommst du von ihr auch Leckerlis?"

„Nein, aber die Welpen werden von uns schon mal verwöhnt, wenn wir ein besonders zartes Rehkitz gefangen haben."

„Gefangen? Du meinst getötet! Das geht gar nicht. Keiner tötet keinen."

Lasse sah den Raben vorwurfsvoll an: „Wovon sollen wir leben, Hugin? Dein Kater bekommt Milch und Brot und Wurst; wir nicht. Meinst du, jemand stellt uns eine Kanne Milch vor den Bau, oder Hundefutter? Töten ist auch lieben!"

Hugin war ratlos: Einerseits verwöhnten die Wölfe ihre Jungen, andererseits fraßen sie junge Rehe. Er wusste keinen anderen Ausweg, als auch die Wölfe aus der Gisegemeinschaft auszuschließen. Auf keinen Fall durfte das Prinzip „Jeder liebt jeden" und „Keiner tötet keinen" aufgegeben werden.

Im Reich des Katers

Luzifer unterschied sich von Hugin vor allem durch seine langjährige unmittelbare Erfahrung im Umgang mit den Menschen. Den Idealismus des Raben hatte er von Anfang an nicht geteilt. „Jeder liebt jeden" schien ihm nicht dem wahren Leben zu entsprechen. Selbst wenn man wie Hugin darunter alles verstand, was irgendwie dem Anderen nutzte. Zwischen verschiedenen Tierarten hatte er nur Feindschaft oder Gleichgültigkeit festgestellt. Die Katze lässt das Mausen nicht, dachte er selbstkritisch. Und wenn er Elche oder Rehe vor Edelsvärd warnte, war auch das keine Nächstenliebe. Er wusste, dass Elche, die Kälber führten, oder Rehe, die trächtig waren, nicht gejagt werden durften. Stiere und Böcke warnte er nie! Schließlich stand er im Dienst des Großbauern!

Seine Wertschätzung anderer Tiere hing eigentlich von seinen eigenen Interessen ab. Es war ihm wichtig, nicht in einen Gegensatz zu Edelsvärd zu geraten. Elche zum Beispiel, die ihm gleichgültig waren, bezeichnete er als „goldwert", weil er es so vom Bauern gehört hatte. Mäuse dagegen, die der Großbauer verachtete, auf die er selber aber immer Lust hatte, tat er zum Schein als Last ab.

Während der Rabe gern und viel schwatzte, dachte der Kater nach und wägte jedes Wort. Selbst die Reihenfolge von Gebot und Verbot war ihm nicht gleichgültig. Wenn Hugin „Jeder liebt jeden" und „Keiner tötet keinen" sagte, wiederholte er „Keiner tötet keinen" und „Jeder liebt jeden"

„Andersherum, Luzi!" verbesserte ihn dann der Rabe. „Erst lieben, dann nicht töten".

„Ist doch egal, Hugin. Denk mal an unseren See, wo du bei schönem Wetter den Wald sowohl oben und als unten sehen kannst. Ist der Wald oberhalb des Ufers wichtiger als der im Wasser? Sind die Bäume nicht gleich schön?"

Dem Raben gefiel nicht, was er hörte. Mit dem eigenen Spiegelbild hatte er keine guten Erfahrungen gemacht. Es sah ihm überhaupt nicht

ähnlich! „Meinst du, Luzi, die Bäume mit dem Kopf nach oben sind genauso wunderbar wie die mit dem Kopf nach unten?"

Hugin, sonst um keinen Einwand verlegen, gab sich geschlagen: „Nun gut, du bleibst bei deiner Reihenfolge, ich bei meiner."

Luzifer war auch weniger verspielt als Hugin. Nie hätte er sich im Schnee gewälzt oder Purzelbäume geschlagen! Dazu war ihm die Zeit zu schade. Spannender war es, vor einem Mauseloch zu sitzen, auf das Mäuschen zu warten und mit ihm zu spielen, bis er Hunger hatte. Es aufzufressen bereitete ihm niemals ein schlechtes Gewissen. Er dachte logischer als der Rabe: Wenn keiner keinen tötet, tötete wenigstens einer einen. Wenn der Vogel klüger gewesen wäre, hätte er gesagt: Keiner tötet. Punkt. Aber sein Gefühl für die Musik in der Sprache verführte ihn ebenso wie seine Einbildung, sein Gefieder glänze wie das der Gans vom Hofe Edelsvärd.

Noch war Hugin beinahe unerschütterlich in seinem Vertrauen zu Luzifer. Was der Kater sagte, hörte sich immer recht vernünftig an, obwohl er nicht immer alles verstand. Das machte sich der Kater zunutze: Er sagte nie die ganze Unwahrheit, und unangenehme Wahrheiten kleidete er so in Worte, dass sie den Inhalt annehmbar machten.

Mochten die von Hugin belehrten Tiere bei „Keiner tötet keinen" nicht richtig zugehört oder den Inhalt nicht ernst genommen haben, so wusste Luzifer, wovon er sprach: „Keiner tötet keinen" bedeutete nicht, was Hugin glaubte, es entsprach aber der Wirklichkeit: Jeder tötet. So war das Leben. Sogar bei den Menschen, wie er in Edelsvärds Küche oft gehört hatte.

Annalena Edelsvärd hatte es sich zur Angewohnheit gemacht, ihrem Mann aus „Sörmlands Tidning" vorzulesen. Wenn in Stockholm über Mord und Todschlag auf den Straßen berichtet wurde oder unschuldige Kinder zum Betteln geschickt wurden, sagte sie: „Wie furchtbar!"

„Aber Älskling", pflegte ihr Mann dann zu sagen, „die Menschen sind nun einmal nicht besser, vor allem sind sie nicht alle gleich. Die Schwachen haben nicht genug Geld, um für sich und ihre eigene Sicherheit zu sorgen. Das einzige, was sie anzubieten haben, ist ihre Freiheit und ihr Leben."

„Und die Mächtigen?"

„Die Mächtigen genießen ihre Freiheit, halten wenig von Gleichheit und können für ihre Sicherheit bezahlen, Lena."

„Denken denn die Reichen nicht an ihre Zukunft, Sten?"

„Du meinst im Himmel?"

„Ja, natürlich."

„Die denken allenfalls an ihren Ruhm."

„Da sind mir die Armen aber lieber, Sten. Die kommen in den Himmel."

Meistens stand Edelsvärd dann auf, um seiner Arbeit nachzugehen. Einmal aber war er zurückgekommen und hatte gesagt, die Armen hätten gar nicht die Zeit, immer nur an den Himmel zu denken. Im Übrigen könne man nicht die ganze Welt retten.

Seine Frau wollte sich damit nicht abfinden. Sie erinnerte ihren Mann an seinen Glauben: Liebe deinen Nächsten!

„Und wer ist der Nächste?" hatte er sie gefragt.

„Die uns nahe sind: Du, unsere beiden Jungs, die Familie, die Nachbarn Swanborg und Söderhjelm, vielleicht noch deine Schwester in Uppsala. Ich finde es unerhört, dass die Weinenden unserer Erde kein Gehör finden."

Den Protest seiner Frau hörte er schon nicht mehr. Sie streichelte ihren Kater. Der dankte es ihr mit zufriedenem Schnurren. Luzifer war ihr ans Herz gewachsen, seitdem Olav und Yngve im Internat am Mälarsee waren. Sie war nicht damit einverstanden gewesen, dass man ihr die beiden Söhne schon so früh "genommen" hatte, wie sie ihrem Mann vorhielt. Sten hatte immer dieselbe Antwort gegeben: „Was für mich gut war, kann für die beiden nicht schlecht sein."

Ganz Unrecht hatte er damit nicht: Während Olav, der jüngere, lieber bei ihr geblieben wäre, schien Yngve sich in der Fremde wohlzufühlen. Er war stolz und ehrgeizig zugleich und glich auch äußerlich seinem Vater: groß, hager und kräftig. Er würde einmal den Hof übernehmen. Sein Bruder fühlte und dachte mehr wie seine Mutter, der er auch äußerlich ähnelte. Was aus ihm einmal werden würde machte seinem Vater Sorgen. Er war mehr Tierschützer als Tierzüchter.

Olav mochte den Kater, Yngve jagte ihn mit einem Fußtritt aus dem Zimmer, wenn ihn die Mutter nicht beobachtete.

Nach solchen Auseinandersetzungen ahnte Luzifer, dass er, wäre er ein Mensch, zu den Schwachen gehören würde: Edelsvärd ließ sich für sein gutes Leben am Hofe mit unbedingtem Gehorsam, nützlichen Informationen aus dem Leben der Tiere am See und mit Mäusefangen bezahlen.

Obwohl Luzifer die Dinge sah, wie sie waren, ließ er Hugin in dem Glauben, die Tiere überzeugen zu können, einander zu lieben und nicht zu töten. Er vermied es, den Raben auf die Schwierigkeiten hinzuweisen, Fleischfresser zu Pflanzenfresser zu erziehen. Sie würden nie dem neuen Gesetz gehorchen. „Kormorane und Eistaucher müssen wir auch ausschließen", hatte Hugin bereits selbst eingesehen. „Aber", hatte er hinzugefügt, „das ist keine große Sache. Anstatt alle Tiere am und unter Wasser schließen wir nun alle Tiere aus, die Beute machen." Luzifer überzeugte die Lösung nicht.

Hugin war lange redlich bemüht, nicht zu töten: keine Wühlmäuse, keine Frösche, keine Jungvögel, nicht einmal Schnecken hatte er gefressen. Die Kadaver von verendeten Elchen, Rehen oder Hasen hatten ihm gereicht. Im Hochsommer allerdings hatte er zu hungern begonnen. Er fand nicht genügend Aas. Allzu gern wäre er in alte Gewohnheiten zurückgefallen, aber er wollte seinem eigenem Gebot nicht untreu werden: „Jeder liebt jeden, keiner tötet keinen." Es klang einfach zu schön in seinen Ohren. Wie ein Muezzin sang er mehrmals am Tag sein „Jederrrrrr liebt jeden, keinerrrrrr tötet keinen". Wenn ich nicht immer so großen Hunger gehabt hätte, hätte ich mich daran halten können, entschuldigte er sich.

Nun kam es immer häufiger vor, dass sich Tiere bei ihm beklagten. „Es hat sich nichts geändert", sagten sie. „Die Wildschweine fressen Engerlinge, der Fuchs stiehlt junge Enten, der Specht vertilgt Jungvögel, die Wasseramsel taucht sogar nach ihrem Lebendfutter..." Die Klagen nahmen kein Ende

Hugin wäre nicht der erfinderische Rabe gewesen, wenn er für das Problem nicht eine Lösung gefunden hätte. Wenn sich Tiere nicht an sein Gebot hielten, mussten sie bestraft werden. Man konnte doch nicht noch mehr Tiere aus der Gemeinschaft ausschließen. Man müsste die Übeltäter vernichten.

„Töten, um das Töten zu verhindern?" hatte ihn Luzifer gefragt. „Hat nicht auch Odin die Kreuzotter mit dem Tod bestraft?" Luzifer half ihm nicht aus der Verlegenheit. Er schwieg vielsagend.

Da die Klagen nicht aufhörten, ja schlimmer wurden wegen des „selbstsüchtigen Verhaltens des Raben", wie sie sagten, wandten sich die unzufriedenen Tiere immer öfter an Luzifer. Den zogen ihre Sorgen an wie die Blüten die Bienen. Der Kater ließ keine Gelegenheit aus, die Bittsteller zu trösten. Dem Reh sagte er, Wölfe gehörten nicht mehr zum Gise. Den Kaninchen riet er, in ihren Höhlen zu bleiben, solange der Fuchs in der Nähe war. Die Amsel warnte er, sich nicht zu weit vom Nest zu entfernen, wenn der Specht zu hören war.

Als er von einem Eistaucher erfuhr, Hugin habe ihn von seinem Nest weggelockt und dann eines seiner Jungen aus dem Nest gestohlen, tat er so, als ob ihn die Nachricht überraschte: „Das kann ich nicht glauben. Vielleicht hatte er nur großen Hunger?" Der Eistaucher verstand die Botschaft und dachte, der Rabe ist nicht besser als ich.

Luzifer wartete nicht lange und berichtete dem Raben von den Beschwerden der Tiere und insbesondere von dem Eistaucher: „Du hast getötet, Hugin", schloss er seine Darstellung.

Der Rabe fühlte sich ertappt. Was der Kater sagte, hörte sich vorwurfsvoll an. Es ärgerte ihn, dass sein Freund ihn nicht verteidigt hatte. Man musste auch in schweren Zeiten zusammenhalten. „Du hältst dich doch selber nicht an die Regeln, Luzifer! Du verdienst dir sogar deinen Unterhalt mit dem Töten von Tieren."

„Nur auf Befehl von Edelsvärd", fauchte der Kater. „Befehl ist Befehl."

„Und die jungen Bachstelzen?" Hugin vergrößerte den Abstand zu seinem Gegenüber. Er flog drei Äste höher.

Luzifer gab sich wieder friedfertig: „Ein Versehen, Hugin, ein Versehen." Er ärgerte sich über den Vogel, der die nicht folgsamen Tiere ausschließen wollte, sich an seine eigenen Grundsätze nicht hielt und jetzt wagte, ihm Vorwürfe zu machen. Hugin wurde ihm zu aufmüpfig. Den hartnäckigen Prediger musste er wieder loswerden.

Drei Tage später schleppte er einen unansehnlichen Raben auf den Hof. „Der Schreihals ist tot", meldete er dem Bauern. Luzifer wusste, dass die Herrschaft von Odin unter der Maßgabe „Die Großen für sich, die Kleinen für mich" ehrlicher war als Hugins „Jeder liebt jeden, keiner tötet keinen". Jeder liebt nur die Seinen: Der Elch sein Kalb, der Schwan und die Gänse ihre Jungen, Lasse seine Wölfin, Hugin seine Frau und Edelsvärd seine Familie. Zwischen den Tierarten herrschte Gleichgültigkeit oder Feindschaft und, wie in seinem Fall als Untertan der Menschen, eine Art Leibeigenschaft.

Hugins Kopf war zu klein gewesen und seine Eitelkeit zu groß, um die Welt am Gise richtig einzuschätzen. Er, Luzifer, hatte auch von Anfang an gewusst, dass „Alle für einen und einer für alle" ein wohlklingender Wahlspruch war; passender war seine Version: „Alles für einen." Aber Hugin hatte ihn in seiner Verblendung nicht verstanden.

Nach Hugins Tod gewann Luzifer bei den wilden Tieren immer mehr an Ansehen und Einfluss. Er genoss diese Rolle, verzichtete aber auf lange Reden und unselige Regeln. Er kannte Edelsvärd und vor allem seinen Sohn Yngve, den kommenden wahren Herrscher des Gebietes am Gise. Luzifer blieb weiterhin der Knecht unter den Mächtigen und der Mächtige unter den Knechten.

Als der alte Edelsvärd plötzlich einem Herzinfarkt erlag, änderte sich alles. Die Zeit der sozialen Experimente schien zu Ende zu gehen. Wieder drohte der Mensch, sich zum Nachteil der wilden Tiere einzumischen, brutaler als zuvor.

Yngve Edelsvärd

Die Sommerhäuser verfielen weiter, auf dem verwilderten Rasen wuchsen Birken und Fichten, die Wege waren ein Paradies für Gras und Löwenzahn, das Schilf drängte sich immer weiter in den See und die Tiere lebten nach uralten Regeln beinahe unbehelligt von den Menschen. Die Erinnerung an die Bewohner von einst verschwamm mit jeder neuen Generation ein wenig mehr, wohl auch, weil die herbstliche Schießerei, die die Tiere früher in Unruhe versetzt hatte, zuletzt ausgeblieben war.

Wenn die Tiere gewusst hätten, was Luzifer gehört hatte, wären sie nicht so sorglos gewesen. Der Kater hatte nach wie vor in Witwe Edelsvärd eine gute Fürsprecherin, doch blieb ihm Yngve nicht wohlgesonnen. Der neue Hausherr war mehr Unternehmer als Bauer. Ihm war der Kontostand noch wichtiger als das Wohl seiner Tiere auf dem Hof. Und die Tiere im Wald und im Wasser betrachtete er wie die Bäume als Kapitalanlage.

Nun war es nicht so, dass Luzifer bei den hochoffiziellen Gesprächen zwischen Yngve Edelsvärd und den Investoren aus der Stadt unmittelbar zugegen gewesen wäre, aber seine fürsorgliche Förderin sprach mit ihm, wie wenn er ihr verstorbener Mann wäre: „Ach Luzi, das sind böse Menschen! Das hätte Sten niemals mitgemacht. Yngve will das ganze Gelände am See vermarkten. Fremde sollen dort gegen Bezahlung jagen und fischen dürfen. Einige der besser erhaltenen Häuser sollen als Gästehäuser wieder hergerichtet werden. Die armen

90

Tiere! Und all die fremden Leute mit ihren Geländewagen. Es wird immer schlimmer". Dann stand sie von der Küchenbank auf und machte sich am Herd zu schaffen. Nicht einmal in Gegenwart eines Katers würde sie ihre Tränen zeigen. Eine geborene Swanborg hatte keine Schwächen.

Luzifer ahnte, dass er auf dem Hof keine Zukunft hatte. Frau Edelsvärd war alt, ihr ältester Sohn hielt ihn für überflüssig und würde nicht davor zurückschrecken, ihn zu erschießen. Seine Zeit als Diener eines Menschen und umtriebiger Freund der Tiere lief ab. Er musste sich ehrlich machen und sich auf die Seite der wilden Tiere schlagen. Dank seiner Kenntnisse am Hof wollte er ab sofort die Tiere vor den gefährlichen Menschen nicht nur scheinbar warnen.

Als im Herbst des Jahres 2056 die baufälligsten Sommerhäuser abgerissen und einige gut erhaltenen umgebaut waren, trafen sich am Schießstand Jäger aus aller Welt und legten ihre Probeschüsse ab. Luzifer wusste Bescheid. Er suchte nacheinander die Elche auf, die Rehe, die Wildschweine, den Fuchs und auch die Wölfin und klärte sie auf: In den nächsten Tagen werde eine große Jagd auf sie beginnen. Was sie tun sollten, wo sie sich verstecken sollten, das musste er ihnen überlassen. Er selbst würde sein Versteck ganz in der Nähe des Wildgeheges auf dem Hof aufsuchen. Dort würde nicht gejagt werden.

Auch die Nachkommen von Großmaul erklärte er die Bedeutung des großen Netzes, das einige der Fremden durch den See spannen würden: „Verlasst eure Buchten und das Schilf nicht, auch nicht, wenn die Menschen mit den Rudern laut auf das Wasser schlagen!"

Die Jagd dauerte fast eine ganze Woche. Hundegebell und das Rufen der Treiber, ein Knall in der Nähe, dann einer in der Ferne, der ekelige Geruch der Fremden, alles das verwirrte die Tiere so sehr, dass sie die Orientierung verloren und am Ende dort ankamen, wo ein Jäger mit seiner Waffe stand. Nur wer Glück hatte und auf einen schlechten oder nervösen Schützen traf, entkam.

Von dem Wolfsrudel blieb am Ende nur ein alter Wolf übrig; alle anderen blieben auf der Strecke. Lasse war der erste gewesen, den die Kugel traf.

Die Schweine waren unbehelligt geblieben, wozu ihnen Luzifer gratulierte. Allerdings hatte er nicht in Erfahrung gebracht, dass sich einige Jäger beim Mondlicht auf die Lauer gelegt hatten und prompt drei Überläufer totschossen.

Die Jagd war damit keineswegs zu Ende. Immer wieder kamen Jäger, wenngleich nicht so viele auf einmal, und störten mit ihrem Geknalle das Leben am Gisesee.

Luzifer hatte das Schlimmste nicht verhindern können. Nicht einmal der Hecht war mit ihm zufrieden: Hunderte von Barschen und ein Dutzend seiner Artgenossen waren den Menschen ins Netz gegangen. Die Fischer hatten gar keinen Lärm gemacht; sie hatten das Netz einfach nur eine ganze Nacht stehen gelassen.

Die große Jagd ging ein in das kollektive Gedächtnis der Tiere am See wie der Krieg ins menschliche. Ab sofort hieß es wieder „Rette sich wer kann". Und Luzifer fühlte sich bestätigt. Gleichzeitig spürte er, dass seine Tage gezählt waren.

Während der Jagdsaison 2057/8 wurde er gemäß schwedischem Jagdrecht, wonach Luchse zum Schutz menschlicher Interessen erlegt werden durften, von einem geladenen Jagdgast zur Strecke gebracht und noch warm an Ort und Stelle verscharrt.

Mit Rücksicht auf die Katzenfreunde verpflichtete der Jagdherr seine Gäste zum Stillschweigen.

Olavs Werk

Im Herbst des Jahres 2066 versammelten sich in der Scheune der Gebrüder Edelsvärd über zweihundert Trauergäste, um von Olav Abschied zu nehmen. Dass gerade er in jungen Jahren an Lungenkrebs verstorben war, beklagten die Älteren und beweinten die jungen Mitglieder der Genossenschaft.

Olav hatte sich große Verdienste um Nachhaltigkeit und Klimaschutz erworben und so dem ganzen Land einen patriotischen Dienst erwiesen. In „Svenska Dagbladet" wurde sein Tod auf der ersten Seite gemeldet: „Tragischer Tod eines Visionärs", und im Leitartikel von „Dagens Nyheter" schrieb der Chefredakteur: „Olav Edelsvärds Lebenswerk ist der Anfang unserer Rettung. Wir müssen es fortsetzen."

Als erster sprach Yngve Edelsvärd. Er gab unumwunden zu, wie sehr er sich in seinem Bruder geirrt habe. Er bedauerte, zu lange den Streit mit ihm fortgesetzt zu haben. Er habe so den Zusammenhalt der Familie Edelsvärd gefährdet. Gott sei Dank seien die Auseinandersetzungen auch dank ihrer alten Mutter schon vor Jahren beendet worden, nachdem sich gezeigt hatte, wie weitsichtig und fortschrittlich Olav gehandelt hatte. Er könne zu seiner Entschuldigung nur anführen, dass er als ökonomisch denkender Landwirt den kurzfristigen privaten Gewinn im Auge gehabt habe. Sein Bruder hingegen sei ökologisch vorgegangen und habe so den Ruf als sozialer Visionär wohl verdient. Ihm, Yngve, werde es eine ehrenvolle Verpflichtung sein, die Arbeit seines verstorbenen Bruders fortzusetzen.

Daraufhin ergriff Gunnar Sundholm, der Vorsitzende der neuen Genossenschaft, das Wort. Es dauerte eine Weile, bis er ohne Zittern in der Stimme und für alle hinreichend vernehmlich sprechen konnte.

„Ich war, nein, ich bin Olavs Freund. Ich kenne ihn seit der gemeinsamen Studentenzeit in Uppsala, bin mit ihm seit über zwanzig Jahren in der Milieupartei und habe mich, wenn auch nicht mit Olavs unnachahmlicher Leidenschaft, für Tierschutz und Umweltfragen engagiert. Olav war einmalig und unersetzlich. Seine Überzeugung, dass die Erde, so wie die Menschen sie behandeln, wie Schlachtvieh ausgeweidet wird, und seine Hartnäckigkeit, aus dieser Einsicht die notwendigen und nicht immer bequemen Folgerungen und Handlungsanweisungen abzuleiten, versetzen Berge. Für uns war Olav ein Glück. Ich hoffe sehr, wir können es ohne ihn bewahren.

Es ehrt dich, lieber Yngve, dass du so offen von den Auseinandersetzungen vor nun zehn Jahren berichtet hast. Ich darf dir heute sagen, Olav hat nie ein Wort darüber verloren. Er hat früh verstanden, wie wichtig es ist, auch seine Gegner ernst zu nehmen und sich niemanden zum Feind zu machen. Man sagt uns Schweden nach, wir hätten eine lange Zündschnur. Olav war ein vorbildlicher Schwede.

Als Vorsitzender unserer Genossenschaft, für die sich Olav völlig uneigennützig immer verwendet hat, möchte ich nochmals Folgendes deutlich herausstellen: Ohne ihn gäbe es heute nicht fast einhundert Häuser auf einem rund 5000 Tunnland Gelände am Gisesee, wo nicht gejagt werden darf. Es gibt vierzig Familien, die seit mehr als drei Jahren gemäß den von Olav empfohlenen Richtlinien für klimaneutrales Verhalten hier leben. In über dreißig der genossenschaftseigenen Häuser wohnen junge Naturfreunde mit ihren Kindern, und sie wollen alle bleiben." An dieser Stelle klatschten die Zuhörer. Einige riefen: „Das werden wir auch!"

„Und die restlichen Häuser", fuhr der Vorsitzende fort. „Und die restlichen Häuser stehen weiterhin für Yngves Jagdgäste und für Kurzzeitmieter zur Verfügung, die noch herausfinden möchten, ob sie auch so leben können wie wir.

Heute trauern wir um Olav, unseren Sinnstifter, der uns den Weg aus der Sackgasse aufgezeigt hat. Müssten wir ihm nicht ein Denkmal setzen?"

Es wurde noch stiller in der Scheune. Alle warteten auf die selbstverständliche Antwort: Ja! Und auf einen konkreten Vorschlag. Stattdessen sprach der Vorsitzende davon, dass Olav einer solchen Ehrung nie zugestimmt hätte. Man dürfe sich daher nicht über seinen Willen hinwegsetzen. Aber er, als guter Freund, wisse, was Olav gefallen hätte. Das neue Dorf solle nicht seinen, sondern den Namen seiner Mutter tragen. Frau Edelsvärd sei bekanntlich eine geborene Svanborg. Darum sollte der neue Name auf jeden Fall das Wort „Svan" enthalten. Olav selbst habe sich jedoch nicht entscheiden können zwischen Svanborg, Svansjö oder Svanby. Vielleicht, so der Vorsitzende, könne man das heute zu Ehren des Verstorbenen nachholen.

Taktvoll verschwieg Sundholm, wie sehr sich der Vorsitzende von Vattenfall dafür verwendet hatte, den Namen seiner Firma zu verewigen.

Etwa zehn Minuten dauerte es, bis sich die Lautstärke in der Scheune dem Anlass wieder angepasst hatte. Die Entscheidung war überraschend eindeutig: Svansjö sollte das Ökodorf heißen.

Muttermilch

Olav Edelsvärd und seine Mutter waren verärgert über Yngves Alleingänge. Der Vater hatte beiden den Hof übertragen, obwohl er seinem jüngeren Sohn in wirtschaftlichen Dingen wenig zutraute. In seinen Augen war Olav zu weich und zu gutmütig. Er hatte noch nie beim Schlachten zugeschaut oder bei der schwierigen Geburt eines Kalbes geholfen. Aber er war Annalenas Liebling. Ihn zu benachteiligen hätte sie ihrem Mann nie verziehen.

Das Fass zum Überlaufen brachte das Vertuschen des wahren Endes des von Annalena so geliebten Katers. Sie hatte selbst Zweifel geäußert, ob Luzifer wirklich spurlos verschwunden war und sich, wie Yngve gesagt hatte, „zum Sterben zurückgezogen" hätte. Olav kannte sein tatsächliches Ende. Und das war für ihn ein weiterer Beweis für die Unaufrichtigkeit in der Jägerschaft. Sicher, es gab Jäger, denen die Hege ein wirkliches Anliegen war. Leider dachten viel zu viele nur ans Erlegen.

Als es darum ging, einen größeren Kredit aufzunehmen, um den Hausbesitzern am See ihre Ferienhäuser abzukaufen bzw. abzureißen, war Yngve auf Olav und seine Mutter angewiesen. Sie versagten ihm ihre Unterstützung. Olav legte stattdessen ein völlig anderes Nutzungskonzept für das Gisegelände vor. Der seinem Bruder von einer Beratungsfirma vorgelegte Plan war allzu einseitig auf schnellen Gewinn und großen Ressourcenverbrauch ausgerichtet: Jagd auf Elche, Rehe, Schwarzwild, Hasen, Fuchs und Luchse für in- und ausländische Gäste, Vermietung der Häuser an Feriengäste aus aller Welt, regelmäßige Befischung mit großem Netz, Abholzung ohne Rücksicht auf Fauna und Flora, Asphaltierung der Zufahrtswege u.a.m.

Olav lehnte ab. Ihm tat die kranke Erde leid und sah Heilung nur in der Kraft der Sonne „Die Sonnenstrahlen sind die Muttermilch unseres Planeten", pflegte er seinen Gesinnungsgenossen aus der Umweltbewegung zu sagen. Kein Kinderarzt würde einer jungen Mutter empfehlen, statt der eigenen Muttermilch Ersatznahrung zu füttern. In dieser Auffassung ließ er sich nicht beirren.

Es kam zu einer hässlichen Auseinandersetzung, zwischen den Brüdern. Jeder warf dem anderen Unkenntnis, Unfähigkeit, Kurzsichtigkeit, Träumerei, fehlendes Umweltbewusstsein, mangelnden Realitätssinn oder Profitgier vor.

Wochenlang geschah nichts. Dann rief Olav zwei seiner Freunde an und bat um ein Gespräch. Der erste, den er erreichte, war sein alter Parteifreund Jan Klöckner. Ihn musste er nicht überreden. Er war zu einem Treffen auf dem Hof sofort bereit. Auch Einar von Warendorf hatte nach einigen Minuten zurückgerufen und gleich gefragt: „Na, Olav, hast du wieder große Pläne?"

„Du kennst mich gut, mein Alter. Wie geht es Vattenfall? Sind alle Aktionäre mit dir zufrieden? Ihr werdet ja immer größer."

„Du weißt selbst, Olav, wie schwer es ist, die Anteilseigner zufrieden zu stellen. Da bleibt viel Kritik an mir als Vorstandsvorsitzendem hängen…"

„Aber Einfluss hast du schon. Ich meine, auch ein Energieversorger muss sich doch um Klimaschutz kümmern."

„Tun wir ja auch, Olav. Du hast doch sicher auch gelesen…"

Olav unterbrach ihn: „Ich habe da eine ganz große Sache anzubieten. Das dürfte auch Vattenfall interessieren. Aber das würde ich dir am liebsten in kleinem Kreise bei einem Abendessen auf unserem Hof erklären." Sie einigten sich auf einen Abendtermin am folgenden Samstag.

Jan brachte, wie versprochen, zwei Flaschen organisch-biologisch angebauten Wein aus dem Rheingau mit, wo seine Verwandten ein großes Weingut betrieben. Jans Großvater war nach seiner Arbeit für Siemens in Schweden geblieben, weil seine schwedische Frau es so wollte. Jan hatte die Deutsche Schule in Stockholm besucht und sprach fließend Deutsch.

Einar schleppte einen großen Jutesack heran, aus dem die Spitze eines kleinen Baumes herauslugte. „Das ist ein Apfelbaum, ein Rossvik, ganz alte Sorte, von einem Hof bei Eskilstuna."

Annalena, gewöhnlich streng und gefasst, hätte vor Freude am liebsten geweint. „Wie lange hab ich den Namen nicht mehr gehört! Schon morgen früh werde ich ihn einpflanzen. Er wird einen Ehrenplatz bekommen, Einar. Vielen Dank!"

Einar schlug sich mit einer Hand den Staub aus seiner weißen Hose, entledigte sich seiner braunen Schuhe und des blauen Jacketts und wartete, bis Olav ihm die Tür zum Esszimmer aufmachte.

Jan zog ebenfalls seine Schuhe aus, behielt aber das Sacco an. Ihm schien der schwarze Rollkragenpullover, den er darunter trug, nicht stilvoll genug. Erst als auch Olav Krawatte und Jackett ablegte, machte er es sich bequem.

Im Zimmer war es warm. Hier hat den ganzen Tag die Sonne hineingeschienen, dachte Jan. Die beiden großen Fenster zum Garten zeigten nach Süden. Es war sehr hell im Zimmer. Die große weiße Flügeltür, die beigefarbene Tapete mit den hellbraunen Blumenmustern, der glänzende Holzfußboden, die schneeweiße Tischdecke mit dem Silberleuchter und den dezent gemusterten Stoffservietten, die Kristallgläser und das unaufdringliche alte Porzellan, all das hinterließ bei den Gästen den Eindruck von selbstverständlicher Eleganz, bei Einar weniger als bei Jan. Der kannte so etwas weder von seinem Elternhaus noch von seinem Holzhaus auf der kleinen Insel, das er mit seiner Frau bewohnte.

Annalena bot den Herren ein Glas Holundersaft an. „Hat Mutter noch selbst gemacht", sagte Olav und spielte auf ihr hohes Alter an. So schlank, ungebeugt und gepflegt sah sie nicht wie eine Achtzigjährige aus.

Als sie das Essen ankündigte und sich zurückziehen wollte, bestand Einar darauf, dass sie mit ihnen zusammen aß. Er hatte bemerkt, dass nur für drei Personen eingedeckt war. Annalena zierte sich nicht, kam nach wenigen Minuten in einem langen schwarzen Kleid zurück und setzte sich auf den Platz zwischen Einar und Jan. Ihre Köchin servierte das Essen.

„Heute gibt es Strauß aus eigener Zucht, mit Rosmarin, Basilikum und frischer Petersilie aus unserem Garten. Dazu sonnengetrocknete Tomaten aus unserem Gewächshaus, Mandelkartoffeln und Rotkohl mit dünnen Apfelscheiben..." Annalena hatte offenbar beim Kochen nicht nur zugeschaut.

Nachdem die Weingläser gefüllt waren, toastete Olav allen zu und hieß seine Freunde nochmals willkommen. „Sehr gut, der Wein", merkte Einar an und ließ sich von Jan über Herkunft und Anbauweise unterrichten.

„Ihr müsst auch unser Wasser probieren. Aus eigenem Brunnen. Glasklar und ohne Radon!" Annalena war stolz.

„Das Wasser im Gisesee steht dem nicht nach", ergänzte Olav und wünschte guten Appetit.

Nachdem alles abgeräumt war und Kaffee und Gebäck auf dem Tisch standen, zog sich Annalena zurück. Olav konnte endlich sein Projekt vorstellen.

„Liebe Freunde, ich kann es nicht oft genug wiederholen. So wie wir heute leben, darf es nicht weitergehen. Wir verpesten die Luft, weiden die Erde aus, erschöpfen Fauna und Flora und lassen trotz allem Millionen Menschen verhungern. Wir verhalten uns wie die Graskarpfen. Sie fressen mehr als sie verdauen können, verschlechtern die Wasserqualität und entziehen erst anderen Fischen und Kleinsttieren die Lebensgrundlagen und dann uns selber. Die Natur zu versklaven ist Selbstmord! Dabei geht es auch anders. Die Sonne meint es doch so gut mit uns! Ist sie nicht wie eine treu sorgende Mutter?"

„Da hast du Recht, Olav. Im Deutschen ist die Sonne weiblich", unterbrach ihn Jan.

„Sie bietet uns ihre Muttermilch, und wir verschmähen sie. Licht, Wärme, Kraft – alles kommt von ihr. Ich könnte auch sagen, alle Energie hat in der Sonne ihren Ursprung."

Einar lächelte.

„Allmählich begreife ich, warum du mich eingeladen hast. Es geht um Energie?"

„Ja, aber um unschädliche, also Windkraft, Photovoltaik, Erdwärme, unser Biomassenkraftwerk, Stromspeicher…"

„Und wozu brauchst ausgerechnet du das?"

„Hör zu Einar. Ich möchte anders als mein Bruder das Gelände am Gise, das die Leute vor einigen Jahren aus den verschiedensten Gründen aufgegeben haben, einer völlig anderen Nutzung zuführen.

Ich denke dabei an ein Ökodorf, das im Prinzip weniger verbraucht als es produziert."

„Wie soll das gehen, Olav?" Das schien selbst Jan nicht möglich. Er hatte als Finanzchef eines großen Unternehmens in Trosa schon alles versucht, wie er meinte, um Energie einzusparen. Auch privat war ihm auf seiner Insel zwar eine nachhaltigere Lebensweise gelungen; aber er verbrauchte immer noch mehr als er erzeugte.

„Nun, hier kommst du ins Spiel, Einar, oder sollte ich sagen Vattenfall. Wenn uns deine Firma ein paar Windräder auf unseren Acker stellte, unsere Scheune und die Häuser am See mit Photovoltaikanlagen bestückte, wäre die Grundvoraussetzung für das Ökodorf geschaffen."

„Das würde teuer…"

„Nicht, wenn wir die Kosten zwischen Staat, Genossenschaft Vattenfall und uns aufteilten."

„Wer ist wir?", wollte Einar wissen.

„Ich, der Hof Edelsvärd."

„Und die Genossenschaft?"

„Alle Mieter der Häuser am See. Sie wird alle gut erhaltenen Häuser übernehmen und an potentielle Anhänger nachhaltiger Lebensführung vermieten, und, wenn möglich, unterhalb der durchschnittlichen Mietpreise von Trosa."

Jan hatte noch nicht verstanden, was die jetzigen Besitzer oder deren Erben veranlassen könnte, ihre Häuser der Genossenschaft zu überlassen. Olav hatte sich dieselbe Frage bereits gestellt und beantwortet: Einige der heutigen Besitzer würden das Ökoprojekt aus Idealismus unterstützen und ihre Anwesen für eine symbolische Krone verkaufen. Andere würden zurückkehren und sich selbst an der

Gründung der Genossenschaft beteiligen. Ihnen würde als Gegenleistung die Miete auf 20 Jahre erlassen, wenn sie sich an die Regeln nachhaltiger Lebensweise hielten. Bei schweren Verstößen würde ihr Besitz an die Genossenschaft fallen, aber das ließ er unerwähnt. Alle, die nicht oder noch nicht verkaufen oder verschenken wollten, sollten ihre Häuser an die Genossenschaft vermieten, allerdings zu einem von der Genossenschaft festgesetzten Mietpreis. Das Vorkaufsrecht würde in jedem Falle bei der Genossen-schaft liegen. Ziel bleibe es, so schnell wie möglich alle Grundstücke zu erwerben.

Einar hatte schon mehrmals versucht, den Redefluss seines Freundes zu stoppen. „Warum sollten die Leute da mitmachen, Olav? Wo sind die Incentives?" Manchmal verfiel er in den Jargon, den er von seinen Studien in Harvard mitgebracht hatte.

„Du meinst, welche Anreize die Leute haben, sich an einem solchen Projekt zu beteiligen? Wie ich bereits angedeutet habe, gibt es mehr Idealisten als du denkst, Einar. Zweitens zahlen die Mieter eine geringere Miete und nur einen Bruchteil der Energiekosten…"

„Wieso nicht die vollen Kosten?", wollte Jan wissen.

„Weil Vattenfall in unserem Projekt ein Modell sieht, das dem Unternehmen einen großen Prestigegewinn einbringt. Außerdem verzichtet der Staat 20 Jahre lang auf die Mehrwertsteuer, gewissermaßen als Gegenleistung dafür, dass die Gisebewohner im

Gegensatz zu den Normalbürgern keine endlichen Ressourcen mehr verbrauchen."

"Augenblick mal, Olav", warf Einar ein. „Deine Mieter müssen sich doch auch ernähren, sich kleiden, mobil sein, Abfall entsorgen usw.?"

Das Herz

Mit dieser Frage hatte Einar einen wunden Punkt berührt. Natürlich hatte Olav diese Notwendigkeit mitgedacht, aber seinen Bruder davon noch nicht überzeugt. Das gab er freimütig zu.

„Aber mein Plan würde funktionieren, wenn ihr…"

„Gern, Olav, lass hören", unterbrach ihn Jan.

„Wie ihr bemerkt habt, soll unser Hof das Herz der neuen Welt sein. Von hier möchte ich neues Leben in den Körper pumpen. Ich beginne mit der Mobilität." Olav freute sich, dass sein Plan nicht sofort als utopisch abgetan wurde. „Ich werde einen großen Parkplatz auf dem Hofgelände einrichten, wo die Bewohner des neuen Dorfes ihre eigenen Autos abstellen, bevor sie mit kleinen Elektrowagen bis zu ihren Häusern fahren. Auf dem Gelände am See fährt kein Auto, das nicht klimafreundlich ist. Diese kleinen fahrerlosen Wagen können von den Bewohnern über das Mobiltelefon jederzeit angefordert werden, also auch zum Einkaufen beispielsweise.

Unser Hof wird Umschlagplatz für ökologisch angebaute Nahrungsmittel aller Art, für Kartoffeln, Gemüse, Obst, Säfte, Eier…"

„Und Fleisch?", wollte Jan wissen.

„In geringerem Umfang ja, aber möglichst von Wild und tiergerecht gehaltenem Geflügel wie Strauß, Hühnern oder Gänsen…"

„Kein Lammfleisch also?" Olav verstand den Hintersinn der Frage sofort. Jans Frau züchtete Schafe auf ihrer Insel.

„Ich hätte keine Bedenken, in unserem Schlachthof auch Schafe, Kühe und Schweine zu schlachten, wenn sie so artgerecht gehalten werden wie eure Schafe. Im Übrigen kann jeder, der es möchte, auf seinem Grundstück einen eigenen Garten haben, wenn er zum Beispiel nicht auf unseren Kräutergarten angewiesen sein möchte.

Damit die Leute ihren täglichen Bedarf nicht in Trosa mit umweltschädlichen Lebensmitteln decken, sollen unsere Angebote einerseits möglichst aus der Region kommen, andererseits nie teurer sein als bei „Trossen! zum Beispiel."

„Euer Hof soll wohl auch das Hirn sein, Olav", warf Einar nicht ohne Bewunderung ein.

„Schwieriger stelle ich mir vor, die Menschen davon zu überzeugen, ihre Kleidungskäufe nicht nach dem Preis auszurichten, sondern nach ihrer Nachhaltigkeit. Aber wir wollen natürlich keinen Überwachungsstaat! Ich habe die Hoffnung, dass alle, die sich für unser Ökodorf entscheiden, auch in dieser Frage verantwortungsvoll handeln. Eine Kleiderbörse auf unserem Hof und der Kleidungstausch untereinander sollen es ihnen leichter machen. Hab ich noch was vergessen?"

„Die Abfallfrage", sagte Einar. „Das müsstest du auch lösen."

„Ach ja. Alle Bewohner kompostieren. Damit haben sie auch Dünger für ihre Gärten. Plastikverpackungen werden weder in unserem Laden noch auf dem Gelände am See geduldet. Wer Plastiktüten aus der Stadt mitbringt, muss sie gegen eine Gebühr in einem Container auf dem Hof entsorgen."

„Und was ist mit Toiletten…?"

„Fäkalien werden bis auf weiteres von einem stromgetriebenen

Tankwagen einer Entsorgungsfirma abgepumpt."

„Gegen Bezahlung…"

„Selbstverständlich, Jan."

„Da hast du dir aber was vorgenommen, Olav!" hielt ihm Einar entgegen." Es hört sich alles ganz gut an, aber auch hier liegt der Teufel im Detail. Ich werde mir das Ganze durch den Kopf gehen lassen. Eine Sache scheint mir allerdings jetzt schon verbesserungsfähig: Unser Unternehmen, das dein Projekt mitgestalten und vor allem finanzieren soll, …"

„Mitfinanzieren, Einar", wandte Olav ein.

„…mitfinanzieren soll, müsste irgendwo für das Publikum sichtbarer werden. Drei kleine Windräder…"

„Baut ein großes und schreibt euren Namen für alle deutlich sichtbar auf die Achse oder die Flügel. Dann wäre Vattenfall als ein Leuchtturm für die Umkehr der Menschheit gut sichtbar."

Einar von Warendorf war beeindruckt. „Ich werde dich unterstützen so gut ich kann. Du hörst von mir."

Jan Klöckner war noch nicht überzeugt. „Wird es dir gelingen, Olav, deinen Bruder mit an Bord zu holen?"

„Nur mit deiner Hilfe, Jan."

„Mit meiner Hilfe?"

„Du musst einen Geschäftsplan erarbeiten, der unter den jetzt bekannten Bedingungen für Yngve einen angemessenen finanziellen Gewinn ausweist. Du bist für ihn glaubwürdiger als ich mit meinem Politikstudium."

Jan nickte. Er würde Olav den Freundschaftsdienst erweisen, auch weil er das Projekt „absolut faszinierend" fand. Und er bewunderte die Redegewandtheit seines Freundes. In der Tat hatte Olav sich zu Herzen genommen, was sein alter Professor den Studenten schon im ersten

Semester zu bedenken gegeben hatte: „Zur Demokratie gehört die Eloquenz wie die Eleganz zur Nobelpreisvergabe."

Drei Monate später gab auch Yngve seine Zustimmung. „Wegen Mutter", hatte er gesagt.

Mittlerweile hatte Olav in Gunnar Sundholm einen potentiellen Mieter gefunden, der ihm an Begeisterung für das Projekt in nichts nachstand. Jedes Mal, wenn er mit ihm ins Gespräch kam, wurden neue Angebote und Einrichtungen diskutiert: wegen der Veganer eine größere Käserei; die Einbeziehung von Kunden auch außerhalb des neuen Dorfes; Milchautomaten mit Edelsvärdmilch in Supermärkten und in Schulen; Öffnung des Hofes nicht nur für interessierte Fachleute, sondern auch für Kinder, um ihnen den Umgang mit den meist freilaufenden Tieren zu ermöglichen.

Gunnars Vorschlag, allen einen Einblick in die hofeigene Schlachterei zu ermöglichen, hielt Olav zunächst für zu brutal. „Wir wollen vor allem die Kinder doch nicht erschrecken…"

„Aber wir sollten sie auch nicht länger täuschen, Olav. Hältst du es für richtig, dass unsere Kinder Fleisch nur in kleinen Portionen steril verpackt wie ein Paket Butter kennen lernen und oft weder ein Schwein noch eine Kuh je gesehen haben? Auf deinem Hof müssen sie es ertragen, dass die Kühe beim Namen gerufen, aber eben auch getötet werden."

„Das wird Proteste geben, Gunnar."

„Und den Fleischverbrauch senken, ja. Aber wäre das so schlimm? Keiner würde gezwungen, sich das Schlachten anzusehen. Aber wir müssen ehrlich sein. Ich würde mich für diese Idee verwenden und mit unseren Mietern sprechen."

Mensch und Tier

Als Olav starb, waren weitere Einrichtungen auf dem Hof zur Selbstverständlichkeit geworden: das Café mit Kaffee und Kakao zu fairen Preisen, die Wäscherei, wo die Svansjö-Bewohner ihre Wäsche waschen und bügeln konnten, eine kleine Reparaturwerkstatt in einer Ecke der Scheune, wo Rentnerinnen und Rentner Küchengeräte, Fahrräder und Fernseher wieder zum Laufen brachten oder Kleider abänderten.

Yngve hatte sogar sein Jagdzimmer zur Verfügung gestellt, damit dort die Waffen der Jäger sicher verwahrt werden konnten, die während der Elchjagd in Svansjö untergebracht waren.

Gunnars Idee vom offenen Schlachthof war auf den ersten Blick kein Erfolg: die meisten Besucher ersparten sich den Anblick von toten Schafen oder Schweinehälften. Dennoch war er nicht unzufrieden. Yngve hatte ihm berichtet, dass der Fleischverkauf an die Bewohner von Svansjö um 30 Prozent zurückgegangen war.

Für die Mieter am See, vor allem für die, die dort zur Probe oder noch nicht lange wohnten, war es immer noch schwer mitzuerleben, wie der Fuchs die Ente riss, der Fischadler lebende Fische zum Horst trug oder der Specht mit seinem langen Schnabel ein Meisenkind aus dem Nistkasten stahl. Manchem Stadtbewohner, der seine Lebensweise völlig umstellen wollte, fiel es schwer einzusehen, dass das Töten zur Natur gehört wie das Zeugen neuen Lebens.

Tiere mögen trauern, bedauern können sie nicht. Die Elchkuh mag traurig sein, wenn ihr Kalb erfriert; vielleicht auch die Rehmutter, wenn ihr Kitz dem Wolf zum Opfer fällt, aber am Ende nehmen sie die Verluste hin wie die fallenden Blätter im Herbst und den Schneesturm im Winter.

Die Begeisterung des herrschsüchtigen Fischadlers, der geglaubt hatte, er könne mit einer neuen Staatsraison die Tiere glücklich machen, hatte sich bald verflüchtigt. „Die Großen für sich und die Kleinen für mich" war einer alten Gesellschaftsordnung allzu ähnlich. Nicht einmal Menschen hätten das Ende dieser kurzen Epoche bedauert.

Auch Hugins Vorstellung von einer Welt ohne Tod und von der Gleichwertigkeit allen Lebens hatte sich als Träumerei erwiesen. Seine Idee, jeder liebe jeden und keiner töte keinen hatte keinerlei praktische Folgen für das Zusammenleben gehabt. Sein quälendes Beharren auf utopische Vorstellungen vom Zusammenleben der Tiere kostete ihn am Ende das Leben.

Selbst Luzifer, der das Leben als Diener zweier Herren lange Zeit genoss, hatte sich zu spät auf die Seite der wilden Tiere geschlagen. Sein Versuch, den Raben von der unangenehmen Wahrheit zu überzeugen, wonach nicht alle für einen und einer für alle da seien, sondern alles für einen, scheiterte an der Gutgläubigkeit des Raben. Die meisten wilden Tiere hatten ihm trotz allem schon wegen seiner Nähe zum Bauer Edelsvärd nie wirklich getraut, und Yngve Edelsvärd betrachtete ihn als nutzloses Ungeziefer. Er ließ ihn verscharren wie einen Partisan ohne Namen.

In Svansjö wohnten 2068 fast genauso viele Menschen wie 1968, und dennoch war alles anders.

Die Menschen lebten mit der Natur und nicht gegen sie. Die Elche wussten instinktiv, wann sie sich im Herbst in die Schutzzone am See zurückziehen mussten. Hier behelligte sie niemand. Die Rehe fraßen Gemüse und Blumen in den Gärten, ohne dass sie verjagt wurden. Kein Mensch grub den Dachs aus, nur weil der in der Nähe eines Hauses seine Jungen zur Welt brachte. Und auch Ameisen erlebten nicht mehr, dass Kinder ihre kleine Welt zerstörten.

Die Kinder in der Schule erzählten einander liebevolle Geschichten: von der Elchkuh, „die letzte Nacht auf unserer Terrasse geschlafen hat", von der Rehmutter, „die ihr Kitz in unserem Blumenbeet zurücklässt", oder vom Vater, der sein Boot noch nicht nutzen konnte, „weil eine Bachstelze ihr Nest ausgerechnet zwischen die beiden Ruder gebaut hat, die im Winter immer unter dem Vordach liegen".

Und schon im Hofkindergarten lernten sie „Ja" zu sagen zu Nistkästen und „Nein" zu Giftresten!

Eine neue Ruhe hielt Einzug am See. Die Luft ganz ohne Schadstoffe war so gut wie in den besten Kurorten und die Menschen wirkten gelassen wie nach getaner Arbeit.

Tier und Mensch lebten nicht mehr gegen- sondern miteinander. Und die Erde drehte sich zufrieden weiter.

Vom selben Autor

bei BoD:

Aufbruch am Lummensee
(Plutokratie als Utopie, Fabel)

Dora und Gerlinde
(Überlebenskampf der Mitläufer, Roman)

Eine deutsche Pharaonin
(Schicksal einer emanzipierten Frau, Roman)

Mein Herz ist nur ein Muskel
(Herzensangelegenheiten, Verse und Kadenzen)

Liebes Gut
(Das Leben eines Abgetriebenen, Roman)

Des Deutschen Vaterland
(Identitätskrisen in Deutschland, Gereimtes und Ungereimtes)

Angelanische Wende
(A. Merkel: Aufgestiegen und abgerutscht, überwiegend Gereimtes)